あやかしの花嫁

4つのシンデレラ物語

クレハ　涙鳴　湊祥　巻村螢

STARTS
スターツ出版株式会社

目次

忌み子は烏王の寵愛に身を焦がす　巻村螢　7
龍住まう海底から、泡沫(うたかた)の恋を　湊祥　99
十六歳、鬼の旦那様が迎えにきました　涙鳴　181
嫌われ者の天狐様は花嫁の愛に触れる　クレハ　287

あやかしの花嫁　4つのシンデレラ物語

忌み子は烏王の寵愛に身を焦がす

巻村螢

烏王に捧げられた娘

古(いにしえ)よりその村には、新たな『烏王(うおう)』が立てば、年頃の村娘を烏王の花嫁――『花御寮(はなごりょう)』として輿入(こしい)れさせなければならないという因習があった。

このたび、新たな烏王が立ち、村からはひとりの娘が選ばれた。

つつがなく婚儀が執り行われ、晴れて烏王は花御寮を迎えたのだが。

しかしこの女、既に身籠もっていたという。

◆

「ちょっと、菊(きく)！　なんでこんなところにいるのよっ！」

「きゃっ！」

菊は振り返る暇もなく、背中を襲った衝撃で砂利道に倒れ込んだ。

はずみで左右の三つ編みがほどけ、夜色をした長い髪は地面に広がり白く汚れる。

「――ッレ、レイカ姉様……」

驚きに見上げれば、そこにいたのはこの世で菊が一番恐れている従姉(いとこ)のレイカであった。彼女は不機嫌極まりないと、ただでさえ猫のように吊り上がった目をさらに吊り上げている。

思わず菊は身をすくませた。

「あんた、誰の許しを得てこんな真っ昼間から家の外に出てんのよ」

レイカは肩口で柔らかくまとまる短めの髪を、見せびらかすように手で払った。いつも『これが、今街で流行ってる髪型なのよ』と、街になど出られぬ身の菊に、お前と自分はこんなにも違うのだと言うように見せつけてくる。

わざわざ見せつけなくても、自分の立場は弁えているのに。

菊は視線を逸らすようにして、道に散らばってしまった野菜やかごを見やった。

「……ツル子さんから、畑に行ってこいと言われまして」

「チッ、あのババア。使用人のくせして怠け者ったらありゃしないわね。帰ったらお母さんに言いつけてやる」

悪態をつく従姉のレイカをよそに、菊は散らばった野菜を拾い集める。

土で少し汚れてしまったが、洗えば充分食べられる。それより身体で潰してしまわなくてよかった。

「いい？　あのババアがなんと言おうと、日が高いうちはあんたは家の中の仕事だけやってなさい！　このっ、古柴家の疫病神！」

レイカの怒鳴り声に菊がますます身を縮めると、大きくうねった髪が菊の怯えと一緒に揺れた。

「分かった⁉」

「……はい」

「はぁ……従姉妹だからって、どうしてこんな忌み子と一緒に暮らさなきゃなんないのよ、まったく……」

レイカは聞こえよがしなため息をつくと、転んだ菊を助け起こすこともなく、さっさと踵を返し屋敷へと帰っていった。

レイカの姿が見えなくなれば、菊はのろのろと動き始め、野菜を再びかごにのせていく。

そうして立ち上がろうとしたとき、草履がずるりと滑った。

「あ、鼻緒が……」

ただでさえボロボロの草履の鼻緒が千切れていた。転んだ拍子に切れてしまったのだろう。

なにか結べそうなものはないかと辺りを見回す。

そこで菊は、周囲には村人たちもいたのだと初めて気づいた。

皆、菊と目が合うのを避けるように顔を逸らしたり、慌ただしく背を向けたりした。

誰ひとりとして菊に近寄ろうとも声をかけようともしない。

　菊は壊れた草履を手に持つと、不格好な歩みで屋敷へと戻った。

　古柴家の屋敷に造られた座敷牢（ざしきろう）の片隅で、菊はわずかな月明かりを頼りに鼻緒の修理を終えた。

「よかった。これでまだ使えるわ」

　菊はホッと息をつき草履を傍らに丁寧に置くと、部屋にひとつしかない小さな窓を見上げた。

　窓枠もなくガラスもはめられていない。あるのは格子のみ。壁の高いところに位置取られた高窓から見える景色は、〝地面〟に生い茂った草と月夜だけだった。

　座敷牢は地下にあった。

　しかし牢と言っても、鍵はかけられていない。

　レイカたち叔父母（おじおば）家族にとって、菊は厄介な存在であった。いなくなることを願いこそすれ、家に置いておきたくなどないのだ。座敷牢をあてがっているのも、他人の目に極力触れさせないようにするためである。

　たとえ家を出たところで菊には行く当てもない。

　村にやってきた五つの頃から、はや十三年。

この村以外で生きる術など、菊には持ちえなかった。

人の踏み込まない山奥にひっそりと存在する村は、人世とは隔絶されている。

街では異国の文化が持ち込まれ、夜でも赤い火が道を照らしているという。

木造の家屋が当たり前の村と違い、赤煉瓦が眩しい建物や、何段にも屋敷が重なった背の高いアパルトメントというものもあるらしい。道行く者も、着物ではなくスカートやズボンなど、洋装という格好をする者が増えていると聞く。

村外の仕事から戻ってきた者たちが口々に話すのを聞きかじった程度だが、それだけでも村とは随分と違う世界なのだと分かった。

「お腹……すいたわ」

昼間に外へ出た罰として夕飯は与えられなかった。

与えられると言っても、レイカや叔父母が食べるようなものではなく、野菜の切れ端などで自作した、使用人の賄いよりも粗末なものだが。

しかし、このような状況は今に始まったことではない。よって、菊は着物の懐にいつも木の実などを忍ばせていた。時折、夜に屋敷を出ては採集しているのだ。

アカモモを口に含む。シャクシャクと心地いい歯応えと、ほのかな甘味にホッと息をつく。小石で切った足裏の痛みも引いていくようだった。

すると、近くで「カァ」と烏の鳴く声がした。

「あぁ、今日も来たのね。こんばんは」

菊が窓辺に目を向ければ、そこには一羽の烏が格子から顔を覗き込ませていた。濡れ羽色の身体は通らないが、小さな頭のみならば格子を抜けることができ、烏は首を突っ込んでキョロキョロと、まるで菊を探すような素振りを見せる。

「どうしたの？　今日もお腹がすいてるのかしら」

羽先が鮮やかな緑に色付いた烏だった。普通なら烏の見分けなどつかないものだが、この烏だけはその特徴からすぐに分かる。

緑の烏がこうして部屋を訪ねてくるのは初めてではない。よく、夜にふらりとやってきていた。まるで気心の知れた友人のようで、菊はこの緑の烏の来訪をいつも心待ちにしていた。

菊はつま先を立てて手を伸ばし、持っていたアカモモの実を格子の外に転がす。

「おいしいから、友達がいたら一緒に食べるといいわ」

烏は転がっていた実を器用に嘴でふたつ咥えると、窓よりも大きな翼を広げて夜空へと消えていってしまった。

羽音が聞こえなくなるまで、菊は窓の外を眺めていた。

静寂が部屋に満ちれば、菊は窓の麓に腰を下ろす。

「友達か……羨ましい」

菊は残りひとつとなった実をひとり、少しずつ時間をかけて食べた。

村人は皆、着物姿。足元は草履や下駄。建物は歴史を感じさせる木造屋敷。場所によっては茅葺きも残っている。決して人口が少ないわけでもなく、老人ばかりということでもない。

それでもなぜこの村が、時を止めたように人世の色に染まらないか。

それは、ひとえに村の生業にあった。

この村はその昔、烏王が村人に魑魅魍魎を滅伐する力を与えたことに始まる。

うつし世とかくり世との境界が曖昧だった時代、しがない悪戯ばかりする魑魅魍魎の数は多く、うつし世だけでなく、かくり世さえも手を焼く存在であった。

事を重く見た時の烏王は、自分たちよりも数の多い人間に魑魅魍魎を滅伐させることを考えた。

そうして人の身で滅伐の力を持つ、魑魅魍魎退治の村が生まれたのだ。

異国の風が国に吹き込み、暗がりが街から少なくなり、人々の意識から闇夜の恐怖が薄れようとも、魑魅魍魎はどこにでも跋扈する。影があり夜がある限り、魑魅魍魎が消えることはない。

同時にそれは、たとえ人世と隔絶された村であろうと貧しさに嘆くことなく永劫に存在しうることを示していた。

ただし、なにかを得るにはそれ相応の代償はつきもの。

烏王は力を分け与える条件として、村に代償——契約を課した。

それが、『烏王が立つとき、村から花御寮を差し出さなければならない』というものだった。そして、烏王と花御寮との間に生まれた子がまた次代の烏王になるという話だ。

『どうせ烏の王なんて、陰湿で粗暴で汚い目をしたおぞましい化け物よ』とは、レイカの言葉である。

誰も烏王の姿を知らなかった。

どこに住んでいるのかも、何者なのかも。

最初に契約した村長（むらおさ）しかまみえたことがないと聞く。恐らくは烏の妖（あやかし）だろうというのが、村人たちの認識であった。

そして、不明なのは烏王の正体だけでなく、花御寮となった娘たちのその後もだ。

誰もがレイカのような思いを抱くのは、当然であったのかもしれない。中には、花御寮とは人を食べるための建前であり、本当はただの生け贄（いけにえ）だと言う者もいた。

花御寮とされる娘の歳は十四から十九と決まっている。

ゆえに村の娘たちは十四になるのを泣いて嫌がり、十九が明けるのを泣いて喜ぶ。

今現在、菊は十八であり、レイカは十九であった。

レイカが十四になったときから、菊は『あんたはいいわよね！　忌み子で嫁げやしないんだから！　あたしも村を捨てて外の男に逃げたいわよ！　あんたの母親みたいにねえ！』と、事あるごとに藁人形のような仕打ちを受けてきた。

村の者は仕事で外の者と関わることはあれど、力の流出防止と秘密保持のため、村外の者と婚姻することが禁じられている。

菊の母親はその掟を破り、逃げるようにして村外の者と行方をくらませた。

それから数年後、突然、菊の母親は幼い菊の手を引いて村に戻ってきた。見る影もなくボロボロにやつれた姿で。そして、菊を捨てるように叔母に預けると、また行方をくらませた。今や、生きているのか死んでいるのかさえ分からない。

そのような経緯があるため、菊はたとえレイカや叔父母にひどい仕打ちを受けようと、すべて受け入れてきた。

だが、それももう少しの辛抱だった。

あと数ヶ月もすれば、少しはレイカの赫怒も収まるだろう。

彼女は、最近はよく『あーあと少しであたしも二十ね。早く対象外にならないかしら』と嬉しそうな声で菊に聞こえよがしに言ってくる。『そうしたら好きな男と結婚するの』と、結婚を望めない菊を嘲弄するかのように。

「やっぱり、私はずっとひとりなのかしら」

村からは出られない。しかし村には、このような掟破りの娘を受け入れてくれる物好きもいないだろう。

だとすれば、自分はこの先どうなるのか。

きっと、一生古柴家の使用人としてレイカに顎で使われ続けるに違いない。

そう思うと、少しだけ憂鬱になってくる。

しかし、それしか生きる方法はないのだ。一本道しか。

であれば、孤独よりかはマシだと菊は自分に言い聞かせ、先のことを考えるのはやめた。考えても、虚しいだけだから。

ところが、突如として菊の一本道は曲げられることとなった。

「嫌あああっ！　なんでっ、なんでよ！　なんであたしが!?」

レイカが、新たに立った烏王の花御寮に選ばれたのだ。

花御寮は村の神事によって選ばれ、一度決定すれば拒むことはできない。

屋敷中に響くレイカの絶叫。

使用人たちがなんだなんだと仕事場を離れ、声のする広間を覗きに来る。

そこではレイカが畳に突っ伏しむせび泣き、同じく叔母も叔父に縋るようにして涙していた。

「あなたお願いよぉ、レイカを奪わないで!?　あと数ヶ月……数ヶ月待ってから、神事をすればよかったじゃないの！」

「俺だってレイカを差し出したくはないさ！　だが、仕方ないんだよ。決まってしまったものは……っ、掟には誰も逆らえないんだ！」

「あの子の母親は破ったわよ！」

使用人の中に紛れるようにしていた菊に、叔母は射殺さんばかりの目を向けた。化粧が混ざった黒い涙を流す血走った目は人とは思えぬ悪鬼のような恐ろしさがあり、使用人たちは火の粉が降りかからぬようにと菊から距離をとる。

視線を向けられた菊も、その凄まじさに息をのんだ。

身を強張らせている菊に叔母はドカドカと大股で近寄り、髪を鷲掴むと引きずるようにして広間に投げ倒した。

「っどうして！　うちばっかり！　こんな目に遭うのよ！」

「――ッ、すみま、せ……っ」

着物がはだけるのも気にせず、叔母は横たわった菊の細い身体を何度も何度も踏みつけた。

しかし叔父どころか、使用人さえ誰も止めない。

皆ただ眉をひそめて顔を逸らすだけ。

広間には叔母の癇癪な金切り声と、菊のくぐもった呻き声だけが響いていた。

「私が！　姉さんのせいで！　どれだけ肩身の狭い思いをしたかっ！　なのに、なんでその娘の世話までしなきゃなんないのよ！　さっさと外でおっ死ねばよかったのに！」

菊の母親が村の掟を破ったことにより、残された家族は村で身の置きどころを失った。

母親の両親はその重圧から身体を壊し早逝し、妹である叔母も肩身の狭い思いをしたという。それでも叔母は、村長に次ぐ大家である古柴家に既に嫁入りしていたこともあり、表立っての批難はもらわなかったようだが。

しかしやはり、未だに村人が叔母に向ける態度はどこかよそよそしかった。

叔父も結局はその煽りを受けた形になり、やはり菊には冷たかった。村長の命で、親族だから菊を養えと言われていなければ、とうに放り出していただろう。

「どうして！　どうしてうちのレイカなの!?　お前はのうのうと生きられるのに、どうしてレイカなのよ!?　親にも捨てられ、村の役にも立たないのにっ、忌み子なんか家に入れたから、うちはこんなにも不幸なのよ！」

「――っぐ！」

こうなった叔母は誰の手にも負えない。

目を覆いたくなる光景から逃げるように、使用人たちは静かに各々の仕事へと戻っていった。

——置いて……いか、ぃ、で……。

菊は遠ざかる背中に手を伸ばしたつもりだったが、実際は小指がぴくりと揺れただけだった。

——もう……ぃや……。

次第に、菊の意識は痛みから逃げるように朦朧（もうろう）となる。

「あ……そうだ」

レイカが薄ら笑いと共に口にした言葉は、先ほどまでとは打って変わってとても静かだった。

その先のことを、菊は知らない。

まがい物の花御寮

村の裏山にポツンと佇むひとつの鳥居。

ただでさえ夜だというのに、木々が乱雑に生い茂っているせいで辺りは恐ろしいほどに暗く、まるでそこにあるのが間違いだとばかりに鳥居の朱色は異様に目立っていた。

そんな鳥居の前にひとり残された白無垢姿の菊。

村長や叔父母たち村人は、輿入れの口上を言い終えるとその場に留まるのを嫌がるように、そそくさと山を下りてしまった。

「どうしてこんなことに……っ」

菊は震える両手で顔を覆った。

『花御寮にはお前がなってもらう』と、菊は目覚めた座敷牢の中で叔父から聞かされた。拒む時間さえ与えてもらえなかった。

その日から今日までの一週間、地下の座敷牢は本来の役目どおりの使われ方をすることとなった。牢にはしっかりと鍵がかけられ、いっさいの外出を禁じられた。

そうして、絶対に着ることはないだろうと思っていた花嫁衣装に身を包み、生まれて初めて叔母と叔父に手を引かれ、今夜菊は花御寮として鳥王へと輿入れする。

菊が座敷牢から出ていくとき、入れ替わるようにして残ったレイカに『感謝しなさい、相手は鳥王だけど』と言われた。『そんな綺麗な衣装に身を包めて嫁げることを感謝しろ』ということらしい。

彼女自身は、その嫁ぎ先を『おぞましい化け物』と罵っていたというのに。

しかし、たとえ村に残ったとしても地獄の日々が続いただけだろう。

同じ地獄なら別の地獄に行くのも変わらない。

「……怖い」

それでもやはり恐怖はある。菊は震えそうになる身体を自らの手で抱きしめた。

すると鳥居の奥、暗闇の中からチリンと鈴のような甲高い音が鳴り響いた。

ハッとして鳥居の向こう側に広がる暗闇へ目を向ければ、宙空からぬるりと人の手だけが現れる。

「ひ……っ！」

あまりの現実離れした光景に、菊の喉は引きつり勝手に足が退がる。しかし現れた手は逃がさないとばかりに菊の手首を掴み、強引に鳥居の内側へと引き込んだ。

「きゃっ！」

次の瞬間、菊は体勢を崩し正面からなにかにぶつかった。

壁かと思ったが、さほど固くもない上に痛みもない。

「ようこそ、〝俺の〟花御寮殿」

頭上から聞こえた男の低い声は、春の木漏れ日のように柔らかいものだった。

菊の綿帽子がふわりと脱がされる。

男の触れ方は驚くほど丁寧で、髪の毛一本たりとも引っかけぬようにとの気遣いが窺えた。

ひらけた視界の中、現れた男の姿に菊は瞠目した。

――おぞましいだなんて……嘘ばっかり。

菊の真っ白な花嫁衣装とは正反対の、漆黒の羽織袴姿のうら若き青年。

頭ふたつ分は背の高い青年の顔を、菊は目を瞬かせ見上げる。

月明かりにしっとりと輝く艶のある黒髪は綺麗に束ねられ、まるで瑞鳥の尾のように風になびく。菊の身体を受け止めている手は、傷ひとつないきめ細かな陶器肌。

向けられる瞳は、夜空を甘やかな水に溶いたような紫紺色。

――これが烏王だなんて……。

今まで見てきたどのような人間の男よりも、菊は彼こそが一番美しい人間だと思った。年の頃は二十歳くらいだろうが、村で目にする同年の男よりも纏う空気に品がある。

冷酷な台詞が似合いそうな薄い唇がおもむろに開けば、しかし、その口から発せられた言葉はとてもぬくもりのあるものだった。

「これからよろしく」

「……は、はい……こちらこそ……っ」

はにかんだような微笑を向けられ菊の頬は熱くなり、言葉もしどろもどろになってしまった。誰かに笑みを向けられたのはいつぶりだろうか。もしかすると生まれて初めてではなかろうか。

ここでなら普通に生きられるかもしれないという淡い期待に、菊の胸も高鳴った。

包むように頬に添えられた手のぬくもりは、菊の全身に染み込み温かくする。

烏王の顔が近付き、触れるだけの口づけが落とされた。

夢見心地の中、離れていく熱にわずかな寂しさを感じていれば、次の烏王の言葉で菊は現実に引き戻される。

「今宵より俺たちは夫婦だ……〝レイカ〟」

氷水を頭から浴びせられた心地だった。

――なにを勘違いしてたのかしら……。

穏やかに触れられた手も、優しい声音も、面映ゆそうな笑みも、すべては〝花御寮に選ばれたレイカ〟に向けられたものである。

身代わりであり、しかも花御寮になりうる資格さえ持たない忌み子の自分には、本来向けられるはずのないものだった。

――私は……まがい物なのに。

ズキリと痛む胸を強く押さえ、菊は自分に言い聞かせた。

唇に触れたこの熱もまがい物だと。

◆

なぜ菊が『古柴レイカ』として烏王に嫁ぐ羽目になったのか。

時は、菊が叔母の仕打ちにより意識を飛ばした後に戻る。

『あ、そうだ』と薄ら笑いと共にレイカが言ったこと。

それは、『菊にレイカのふりをさせ花御寮に仕立てる』というものだった。

年はひとつしか離れておらず、従姉妹ということもあり背格好も似ていたレイカと菊。

輿入れ時の付添人たちからは花嫁衣装のおかげで花御寮の顔は見えない。日頃より菊の姿を見ていない村人たちならだまし通せるだろう。使用人もその日は家に帰らせればいい。ましてや烏王側は花御寮の顔など知らないのだから、別人に花嫁衣装を着せて差し出しても疑うことはないだろう。

『ね、いい考えでしょ！　あたしは菊のふりして、地下で身を隠していればいいんだし』

『不本意だけど』と、レイカは床で気を失ってしまった菊を忌々しそうに一瞥した。

途端にレイカの母親の顔が輝き、『名案だわ！』とレイカを抱きしめる。

しかし、それにレイカの父親が待ったをかけた。

『ならん！　そんなことをしてバレれば、今度はこの古柴家も終わるぞ！』

『どうしてよ！　そんなに娘を化け物の生け贄にしたいわけ!?』

『そんなことは……っ、俺だってできるものなら……いやしかし、やはり……』

村を欺くだけではない。強大な力を持った烏王という相手まで欺くことになるのだ。

父親が二の足を踏むのも当然だった。

身代わりも、菊は村の血が半分しか入っていない忌み子であり、他の村娘のほうがまだ問題は少ない。しかし、誰だとて自分の娘を得体の知れない相手に好んで差し出したくないだろう。

『お父さん、なにを迷う必要があるの。あたしが花御寮で差し出されたら、この古柴家の跡継ぎはいなくなるのよ。それか、この女を養子にするかだけど……』

レイカの足袋に包まれた真っ白な足先が、菊の背中をトンと蹴った。『ううっ』とくぐもった声が響く。

『大丈夫よ、お父さん。しばらく菊のふりをしたら村の外に出ていくから。菊がいなくても誰も気にしないわ。それでほとぼりが冷めた頃に、菊のふりして戻ってくれば誰もあたしって思わないし、古柴家も守れるでしょ』

確かにそれならば村人も欺けるかもしれないが、しかしやはり綱渡りだった。

『ていうか、あたしは元から花御寮なんてなれないんだから。だって――』

レイカの言葉を聞いた瞬間、父親の顔から血の気が引いた。死人ではないかと思うほどに青白くなる。

父親だけでなく母親までも瞠目して、青くなった唇を震わせていた。

両親の反応を差し置いて『じゃあ決まりね』と嬉しそうに笑うレイカに、ふたりは頷くしかなかった。

◆

こうして菊はまがい物の花御寮として烏王に嫁いだのだが、まだたったの五日だというのに、菊には驚きと戸惑い、後ろめたさの連続だった。

『花御寮様、お食事はお口に合いますでしょうか』

『花御寮様、本日は少々暑いので、こちらの紗の羽織でよろしいですか』

『花御寮様、水菓子などいかがでしょうか』

誰しもが菊を下に置かぬ、ことさらに丁寧な扱いをした。

しかも世話をしてくれる侍女も皆、人の姿をしており、菊は自分が鳥王に嫁いだということを忘れそうだった。

――ここは、天国かしら。

もしかしたら輿入れと同時に自分は食べられて、既にあの世に来てしまったのではないか、と菊は本気で錯覚した。天国とは自分でも図々しいとは思うが、そうとしか考えられないような日々だった。

『人を食べたいがために花御寮を欲しがっているに違いない』とは、誰の言葉だっただろうか。

食べられるどころか、菊に出される食事は古柴家の叔父母が食すものよりはるかに豪華なものばかり。

丸々と太った鮎の塩焼き、蕗の煮付け、豆腐の山椒和え、冬瓜の煮物、蕪の味噌焼き、山盛りの木苺、そして目にも眩しい炊きたての白い米。古柴家でも祝い事のときくらいしか白米は使わない。

菊は初め、出された食事が自分用のものだとは思わず、誰かの配膳を手伝えということなのだろうかと手もつけず眺めているだけだった。

菊が『どちらへ運べばよいですか？』と膳を持って立ち上がろうとしたところで、侍女たちに慌てて『花御寮様のです』と止められた。

そこで菊は目の前の豪華な膳が自分のために用意されたものだと知った。

驚きすぎて、初日の料理の味は覚えていない。この世にこれほどおいしいものがあるのかと、ひと口ひと口に感動していた。

屋敷はいくつもの棟が渡殿で繋がっており、迂闊に歩けば迷子になってしまいそうなほど広かった。

そのうちの一棟が、菊に与えられている。

広々とした板張りの広間に、凝った織り模様の几帳があちらこちらに立ててある。風が吹き込めば、目もあやな薄絹が視界を占めた。

棟の中にもいくつもの部屋が連なっており、各部屋に置いてある調度品はどれも白木の木目が秀麗で、香りも爽やかでいいものばかり。

まさに、神代の空間に紛れ込んだのかと思ってしまうほどだった。

菊はまじまじと、己の腕に絡む柔らかな袖を眺めていた。

白妙の生地に、純白の糸で小花が刺繍してある着物は、優美のひと言につきた。襦袢の赤色が薄く透け、まるで目の前で満開を誇っている桜から作られたような代物。

菊が座っている張り出した欄干囲いの縁側は、桜の最も綺麗なところだけを切り取って、一枚の画を作っている。

しかし、身に纏うものから目に入るものまですべてが〝美しい〟ばかりの中でも、菊の心は晴れなかった。

「そんなに桜が珍しいか」

外を眺めていれば、耳を撫でるような低い声が背にかけられた。

振り返ると、そこには真っ黒な着物を纏った青年が眉間に皺を寄せ佇んでいる。髪も着物も羽織も足袋もすべて黒の中にあって、彼の紫水晶のごとき澄んだ瞳は異様に際立つ。

「う、烏王様……っ！」

菊は慌てて、床に擦りつけんばかりに頭を下げた。

「……やはり、名は呼んでくれないか」

烏王のボソリとした呟きは、足元で身を低くしている菊には届かなかった。

烏王がため息をつけば菊の肩が跳ねる。

「そのように日がな一日眺めて、よくも飽きないものだな。果たして、なにを考えているのか……。とにかく顔を上げてくれ。そこまでかしこまる必要もない」

菊は恐る恐るといった様子で顔を上げた。

しかし菊の瞼は、烏王の視線を避けるように伏せられたまま。

「村に帰りたいのか」

「そ、そのようなことは……」

元より帰りたい場所などない。波間に漂い流され揉まれ浮いているだけ、という生き方をずっとしてきたのだから。もう陸がどこにあるのかすら分からない。

村での生活を思い出せば喉が引きつり、菊はそれ以上言葉を紡ぐことができなくなった。

「不吉の象徴、屍肉漁り、死神の使い――人が我ら烏を表わす言葉はどれも卑しいものばかり。まあ、烏は嫌われこそすれ、好かれるような生き物ではないからな」

菊の曖昧に切れた言葉を、〝言いづらいこと〟――肯定ととったのだろう。烏王は自嘲に鼻を鳴らした。

顔の近くで衣擦れの音がして視線を上げれば、烏王の手が頬の横にあった。

「――っ！」

叩かれる、と菊は強く瞼を閉じて首をすくめた。

しかし烏王の手は菊の頬を通り過ぎ、背に流れ落ちる後ろ髪に触れただけである。

「散り花が付いていただけだ」

「あ……、も、申し訳ありません」

烏王は摘まんだ薄紅の花弁を、涼やかな目を細め眺めていた。

下瞼に長い睫毛の影が落ち、憂いの色が濃くなる。

烏王はふっと花弁に息を吹きかけ、雛を親元に帰すかのような優しげな手つきで欄干の向こうへと返した。

自分の態度が失礼なものだったと自覚のある菊。

再び謝罪の言葉をかけようとするが、先に烏王の口が開く。

「そういえば、侍女らに湯殿の手伝いをさせないらしいな」

「申し訳ありません。その……身体を人に見られるのに慣れてませんで」

「人……な」

二度目の自嘲。

「人の姿をとろうと、俺たちは烏だからな」

烏王は自らの手をまじまじと見つめ、歪に口元をゆがめた。紫の瞳を向けられれば、菊の薄い肩が跳ねる。

その瞳にはすべてを見抜かれてしまいそうで、自然と菊の顔も俯いた。

「まあいい。だが、俺の花御寮となったからには、嫌でも慣れてもらうしかないぞ。当然、子は成さねばならぬのだからな」

カッと顔に熱が集中する。

菊は烏王とまだ初夜を迎えていなかった。

烏王は別の棟で生活し、今はこのように通い婚の状況にある。

日々のめまぐるしさに花御寮本来の役割にまで気が回っていなかった。

ましてや自分の身を欲しがる者などいないと、そのような話にもいっさい興味がなかったのだから。

恥ずかしさに菊が目を潤ませ一段と顔を俯かせると、烏王の薄いため息が頭上で聞こえた。

「……村に帰してやることはできんが、不自由はさせないつもりだ」

床板の軋む音と一緒に、烏王の声も遠ざかっていく。

「ではな、レイカ」

烏王は、不機嫌が滲む声を置いて部屋を去っていった。

夫婦とは言い難い、よそよそしい短い逢瀬。

「烏王様……」

日を追うごとに烏王の機嫌は悪くなっているのだが、原因は恐らく自分の態度だろう。

いつも、なるべく目を合わせないようにと視線を下げて距離を作り、教えてもらった彼の名すら口にしない。

烏王が菊の態度を、現状を拒んでいると捉えるのも仕方のないことだった。

「私……どうしたら……っ」

本当はもう一度あの温かな声を、手を、目を向けられたかった。

初めて視線を交わしたときのような胸が高鳴る微笑を見せてほしい。

しかし、その願いはきっとどれも叶わないのだろう。

「だって、私はあの方をだましているんだもの」

最低ね、といくら自分を蔑んでみても罪悪感は消えなかった。

菊は全身を蝕む悪寒に耐えるように自らの身体をきつく抱きしめる。自分の体温では自らを温めることなどできないと知りながらも、不安を癒やすためにはそうせずにいられなかった。

いつも烏王は、日が高くなると菊の部屋を訪ねてくる。

今日も昼食を終え、満腹感と春の心地いい陽射しにウトウトと眠気を帯びだした頃に彼はやってきた。

「すまない、寝ていたか」

「い、いえ、大丈夫です。ちょうど目が覚めたところですから」

実は眠りかけていたのだが、烏王の声で本当に目が覚めてしまったのだし嘘は言っていない。

「そうは見えなかったが……まあいい」

烏王はどっかと菊の隣に腰を下ろし、じっと彼女の横顔を眺める。

頬に刺さる視線が痛く、菊は目を閉じて耐える。

「……あの……烏王様、私になにかおかしなところでもありますでしょうか？」

「いや特には。ただ……」

不意に烏王の手が菊へと伸びる。

「雪のように白いなと思って」

柔らかな春風が掠（かす）めるように、烏王の手が菊の頬を撫でた。

驚きよりも先に菊の顔に熱が集中する。久しぶりの彼のぬくもりは、輿入れの日を菊に思い出させた。

月だけが見守っていた、彼との柔らかな口づけの夜を。

「烏王……っ様、お戯（たわむ）れを」

菊は赤くなった顔を見られまいと顔を背け、烏王の手から逃げた。

烏王の手は菊にとっては甘い毒なのだ。温かさに慣れてしまえば手放せなくなる。元より手にしてはいけないものなのに。

しかし、烏王は逃がさないとばかりにさらに手を伸ばし菊の肩を抱いた。

力強く引き寄せられ、菊はあっという間に烏王の胸に抱かれる。

「俺はレイカと戯れたい」

「……っ烏王様」

どうにか出せた声は掠れてひどく弱々しかった。

「もっとレイカのことが知りたいし、レイカにも俺を知ってほしい」

耳の奥で心臓の音がうるさい。まるで頭の中に心臓を間違って入れられたようだ。

「そして……どうかそう怯えないでくれ」

切望するような熱い声。

着物越しに聞こえるうるさい鼓動は、果たしてどちらのものなのだろう。

「怯えてなど……」

いないと自分の態度は言えるのか。

本当は訪ねてきてくれることも嬉しいし、菊ももっと彼のことが知りたいのだ。

だが、自分はまがい物。元よりこれほど優しくされる立場にすらない。

烏王の優しさを、このまま享受してしまいたい思いもある。しかし、もし身代わりだと烏王にバレ、だましたなと罵られる未来を考えると恐ろしかった。

――それに、この身体だけは絶対に見せられないもの。

菊は暴かれるのを拒むように、身体を丸めてより小さくした。

「どうした、寒いのか」

突然小さくなって押し黙った菊に、烏王は焦りを見せる。

寒い。身が、心が、凍てつきそうなほど寒かったが、不信感を持たれるわけにはいかない。

「い……いえ、大丈夫です」

「大丈夫なわけあるか、こんなに指先まで冷たくして」

菊の手を握り温めるように口にあてがう烏王に、菊は目を白黒させた。

「ああ、ぁあの、烏王様!?」

戸惑いの声をあげる菊をよそに烏王は「ふむ」と形のいい顎を撫で一考すると、菊の手を握ったまま立ち上がった。

「ひゃっ！」

烏王は菊の手を引いてズンズンと扉へと向かう。

「部屋に籠もってばかりいるから身体も冷たくなるのだ。侍女たちから聞いているぞ。ずっと、そうして縁側から外を眺めているばかりだと」

「そ、それは……」

あまり出歩くものではないと思っていたから。勝手に出歩けば痛い目を見るというのが、長年の生活で菊の身体には染みついていた。

「大丈夫だ」

肩越しに振り向いた烏王と目が合った。

「大丈夫、誰もお前を襲わない。襲わせない。烏が怖いのも分かるが、お前は大切な存在なのだ。だから……そう、我らを怖がってくれるな」

俺を含めて、と最後にポツリと添えられた言葉は、ひときわ声が小さかった。

烏王は菊が烏を怖がり、烏王に嫁いだことを後悔して部屋に籠もっていると思ったようだ。

そのようなことはないというのに。

――彼らよりずっと……人間のほうが怖い。

既に烏王は前を向いており、背後で泣きそうな顔で首を横に振る菊には気づかなかった。

菊は、自分の手を包むように握る烏王の手を見つめた。

輿入れの日、初めて叔父と叔母に手を引かれたが、その手は冷たく、握るというより逃がさないと拘束するようなものでとても痛かった。

しかし、今自分の手を握る手はとても優しく……。

「……温かいです」

「春だからな」

烏王の声は柔らかかった。

烏王が菊を連れてきた場所は、ちょうどいつも菊が縁側から眺めている桜の木の麓だった。

足元は色濃くなった若草に覆われ、春の陽気に芽吹いた野花が、白、黄、紫、赤と、緑の絨毯を鮮やかに染めている。

空を見上げればハラハラと薄紅の花弁が散り落ち、合間から見える青空が眩しい。

菊は目の前に広がる景色に、ほぅとうっとりしたため息を漏らした。

「とても綺麗です」

村の景色も、稲が青々と伸びた季節は青と緑だけの清々しい世界になって美しかった。

しかし、それも菊には遠い世界。

日中は村の中を自由に歩くことは許されず、唯一許可された夜の時間では、鮮やかな色は総じて藍の帳を被せられていた。あの青い稲の葉や黄金の穂を触ってみたい、といつも屋敷から眺めるだけだった。

菊は恐る恐る足を踏み出す。

「烏王様……あの、歩いてみても……？」

烏王は苦笑した。

「おかしなやつだ。聞かずとも好きなだけ歩けばいいさ。好きなようにすればいい」

「好きなようにしても……いい……」

口にした言葉に胸が高鳴った。

菊は見たいものを瞳に収め、触れたいものに触れ、行きたい場所まで歩き、言われたとおり好きなようにした。まるで幼子のように、見るものすべてに夢中になった。

烏王が近くにいることもうっかり忘れて。

「そのような顔もできたのだな」

ハッと我に返った菊は、はしたなかったかと慌てて頭を下げた。

「も、申し訳ありません。子供のようなまねを」

仮にも王と呼ばれる者。その隣に立つ者として、自分のような態度はふさわしくないと叱責を受けるのだろうと菊は身を強張らせた。

しかし覚悟した怒号はいつまで待っても来ず、代わりに静かな声がかけられる。

「レイカ、頭を下げる必要はない」

烏王の手が菊の肩を丁寧に押し上げた。

「むしろ、俺が謝らねばならないのだろうな」

「烏王様が？　なぜでしょうか」

それこそ謝らなければならないのは、こちらだというのに。

烏王はふいと菊に背を向け、草を踏みならしながら遠ざかった。

どこにいても黒ばかりの彼の姿は、あでやかな景色の中でひときわ目立つ。

どこに行くのだろうかと不思議に思い目で追っていれば、彼は足元でなにかを拾い戻ってきた。

「人は、このような地味な野花など嫌いかもしれないが……俺がレイカにしてやれることはこれくらいしかないからな」

烏王は菊の胸に落ちるふわりと波打った髪に触れ、耳にかけるようにして梳き上げる。彼の手が髪から離れた後、菊の耳元には鮮やかな紫の花が飾ってあった。

「これは……？」

「菫だよ。俺からの気持ちだ」

同じ色の彼の瞳が柔和に細められた。

菊は、耳元に触れる柔らかな花びらの感触に喉を詰まらせる。

誰かに花を飾ってもらえる日が来るとは想像もしていなかった。

「よく似合っている。綺麗だ、レイカ」

今まで感じたことのないさまざまな感情が身体を駆け巡る。

それは胸を打ち、喉を震わせ、目を熱く、口の中を酸っぱくさせた。

しかし、その数多の感情を表わす言葉を、菊は知らない。

「今、人の世は多くの光であふれているのだろう？　だが、我らの郷は夜になれば暗く、身を飾るものもこのような花くらいしかない。きっと人の世の暮らしに慣れたレイカには物足りない思いをさせてしまう。それでも俺はレイカと共にいたい……来てくれて、ありがとう」

ありがとうと言われるのが、これほど嬉しいものだと知らなかった。

──こんなに嬉しいのに、それでも私はこの方をだまし続けなければならないのね。

喜びと悲しみで心がグチャグチャになりそうだ。

菊は目からあふれそうになる想いに瞼を強く閉じた。

目を閉じた暗闇の中で、走馬灯のように古柴家での記憶が流れる。

いくら記憶を探してみても、誰かに感謝されたことも心配されたことも優しく手を取られたこともなかった。彼らの手が伸びるのは決まって菊を叱責するときだけだ。

不意に「レイカ」と呼ばれ菊は瞼を開けたのだが、視界に飛び込んできたのは大きな手。

「──っ！」

先ほどまで回想していた記憶と目の前の光景が重なり、思わず菊の肩がビクリと跳ね上がった。

菊が『しまった』と思ったときには遅かった。

目の前の烏王の口元は笑っていたが、菫色の目は悲しみに耐えるようにすがめられていた。菊に触れようと伸ばされていた手は行き場を失ったように指先を震わせ、そしてゆっくりと持ち主の元へと戻っていく。

「すまない、やはり……怖いのだな。だが、烏王を次代に引き継ぐには人の血が必要なのだ。我々烏は精一杯レイカを大切にし、不自由ないようにさせると誓う。安心しろ、烏は愛情深い生き物だから」

「あ……ま、待ってください！」

菊は踵を返し遠ざかろうとする烏王の腕を飛びかかるようにして掴んだ。突然のことに目を丸くする烏王をよそに、菊は掴んだ烏王の手を自分の頬へとあてがう。

「この手は……怖くなんてないです……っ」

決して、と菊は自らの頬を烏王の掌（てのひら）にすり寄せた。

烏王に触れられるたびに胸に去来する、甘く痺（しび）れる気持ちの名を菊はまだ知らない。しかしそれならば、言葉以外で気持ちを伝えなければと思った。

「私は、烏王様のことを、烏たちのことを、怖い……と思ったことなどありません」

座敷牢を訪ねてくれる優しい緑の烏。牢を訪ねる人の足音よりも烏の羽音のほうが楽しみだった菊にとって、烏は恐怖の対象ではなかった。

確かに急に触れられると、過去の叩かれてきた記憶から身体が驚くこともある。

だがそれは決して烏王を厭ってのことではない。

「むしろ、私は……」

『もっと触れてほしい』と言いかけて、己の言葉の大胆さに菊は頬を赤くした。

そういえば、自分が今やっていることも相当はしたないのではないかと我に返り、飛びのくように手を離す。

「も、申し訳ありません！　急に触れてしまいまして……」

郷に来てから初めて見せる菊の機敏な動きに、烏王は口をまるめて、ふっと笑みを漏らした。

「お前は謝ってばかりだな」

「申し訳ありません……」

「ほら、また」

烏王が喉をクツクツと鳴らすと、菊は恥ずかしそうに眉尻を下げた。

菊が退いて空いてしまった距離を埋めるように、烏王は一歩踏み出し菊に近付く。

「なあ、その菫は気に入ってもらえただろうか」

烏王の指が菊の耳元を指す。

「気に入るなどと滅相も……このようなお気遣い、申し訳ないほどで――」

「違う。俺が聞きたいのはその言葉ではなくて」

菊の言葉を遮った烏王の声は少々不服そうであった。顔を見れば、口をへの字にゆがめているだけでなく、柳のような眉までも不格好にゆがめていた。

菊は自分の持ちうる言葉の中から、懸命に烏王の求めるものを探す。

自分の言葉で、烏王にこのような顔をさせたいわけではなかった。

ではどのような顔を求めているのか。

――私は、烏王様の喜ぶ顔が見たい。

そうして菊は、自分の中から最も嬉しかった言葉を見つけ出した。

それはつい先ほど彼からもらった言葉。

「あ……ありがとうございます、烏王様」

烏王は正解だとばかりに目を細くし、口元に綺麗な弧を描いた。降りそそぐ春陽のような温かな微笑(ほほえ)みに、菊の表情もつられて柔らかくなる。

菊の笑みは控え目なものであったが、その野花のような楚々(そそ)とした笑顔は烏王の胸を高鳴らせるに充分だった。

「……っ身体も充分に温まったようだな」

烏王は顔を背けるようにして踵を返し、菊に背を向けた。菊は気づかなかったが、このときの烏王の耳は空から降り落ちる桜と同じ色をしていた。

「帰ろうか」

「はい」

菊は差し出された烏王の手に、今度は自ら手を重ねた。

菊を部屋に送り届けると、烏王はさっさと自分の棟へと戻っていってしまった。黒く大きな背中が遠ざかっていくのに、索漠とした気持ちを抱いたのは初めてだった。

「あぁ、どうしたらいいのかしら」

頬を両手で包み込めば、じんわりと熱を帯びている。

「だめなのに……私はまがい物だというのに……どうしたら」

髪を飾ってくれた気持ちを、向けられた温かな眼差しを、壊れ物に触れるように優しく握る手を、菊は嬉しいと感じてしまった。

そして、同時に発生した欲深い願いもまた菊を悩ませる。

「このままここで……ずっと彼の隣にいたい……です」

口に出してしまった願望に、菊の目尻が赤くなる。

この願いは、烏王を欺き続けることにもなるというのに。

何度も自分にだめだと言い聞かせてごまかしてきた想いは、とうとうはっきりとした欲望になってしまった。

しかし、菊がそう望んでしまうのも無理からぬことであろう。

烏王の屋敷に来てからというもの、菊は会う者皆に好意的な目を向けられてきた。彼ら彼女らの笑みには嘲(あざけ)りなどいっさいない。

菊を見つけては『花御寮様』と微笑みかけてくれるのが、『ここにいてもいい』と言われているようで嬉しかった。

ただ、烏王に『レイカ』と呼ばれると現実に引き戻される。

本来なら自分は場違いなのだとチクリと胸が痛んだ。

まるで、レイカが『あんたはあたしの身代わりに過ぎないのよ』と嗤(わら)って刺してくるようだった。

それでも〝レイカ〟でいないとここにいられないのなら、その痛みにも耐えなければならない。村ではもっと多くの痛みが心だけでなく身体も襲っていたのだから、これしき耐えられるはずだ。

「もしかして、この気持ちって恋というものなのかしら」

よくレイカや村の女の子たちが嬉々(きき)としてしゃべっていた話題だが、彼女たち曰(いわ)く恋とは〝ずっと共に生きていきたい〟と願う気持ちなのだとか。

「これは……恋？」

菊はトクントクンと、胸の内側でいつもより少しだけ速く鼓動する音に耳を傾けた。

「失礼します、花御寮様」

不意に背にかけられた声に振り向けば、部屋の入り口にひとりの侍女が立っていた。肩口で綺麗に切りそろえられた髪は、彼女の気の強そうな面立ちによく似合っている。

一見すると冷たい印象を抱きがちだが、いっさいそのようなことはなく、いつも丁寧に世話をしてくれる侍女のひとりだった。

「どうかしましたか、若葉さん」

しかし、侍女――若葉からの返事はない。

若葉は目利き人のような鋭い視線で菊をつぶさに観察するばかり。彼女の眉間には皺が寄っている。

若葉は、前髪の一部が彼女の名のように鮮やかな緑色をしていた。

どこかでその色を見た気がするのだが、果たしてどこだったたか。

菊が思い出を探り始めたとき、ようやく若葉が口を開いた。

「古柴レイカ様」

「はい、なにか」

ご用でも、と伺いの言葉を口にしようとした次の瞬間、その言葉は「ヒュ」と風音を立てて喉の奥に引っ込んだ。

「ではありませんよね」

知らず知らずのうちに、菊は袂をくしゃくしゃに握りしめていた。

◆

自室へと戻った烏王は、〝古柴レイカ〟という村娘が花御寮に選ばれたと知ったときのことを思い出していた。

輿入れの一週間前、鳥居の前で村人たちが奏上を行う。そこで花御寮となった娘の名も読み上げられるのだが、そのとき初めて自分の妻となる者の名を知った。

名が分かり、村に放っていた烏たちにどういう娘か噂話を集めさせたのだが、上がってくるのはどれも随分と気性の荒い娘だという報告ばかり。

これは穏やかな結婚生活は望めないかもと覚悟していたのだが、実際に輿入れされた花御寮を見て驚いた。

やってきた花御寮は気性が荒いどころか、むしろ気性というものがあるのかと首をかしげたくなるほどに静かな娘だった。

綿帽子を脱がせ隠れていた彼女と目が合えば、再び驚くこととなった。

人間が自分たち烏を嫌っていることくらい知っている。

真っ黒な身体に鋭利な嘴、目は常になにかを狙うように妖しく輝き、鳴き声はささくれ立っている。これで好意的に捉えろというほうが無理だろう。

だから花御寮の自分に向けられる目は、どうせ恐れか怯えか嫌悪の類いだろうと期待はしていなかった。

しかし、彼女の目は予想していたどれとも違った。

春光が射し込む湖面のようにキラキラと輝き、何度も目を瞬かせていた。

掴んだ手は払われることなく、頬に添えた手も嫌がられなかった。

触れるだけのささやかな誓いの口づけに瞳を潤ませていた彼女の姿は、今思い出しても胸を高鳴らせる。

これはもしかするとうまくやっていけるのではないかと、胸に淡い希望が生まれた。

望外の喜びだと、この先何百何万と口にするだろう彼女の名を丁寧に呼んだものだ。

この先も共にいてくれとの願いを込めて。

ところが喜びは長く続かなかった。

彼女に触れようとすると、いや、ただ手を近付けるだけで彼女は怯えた。

どこか距離を置こうとしているようにも思えた。

自分を見る目もいつも不安に揺れている。最初に向けられた、あのキラキラしい眼差しはなかった。

あまりの変わりように、やはり花御寮が嫌になったのかと落胆を覚えたのだが、侍女たちの話ではどうやらそういうわけでもない様子。

彼女は、辺鄙な場所だと憤慨することも、『帰りたい』と泣くわけでもなかった。一日中、縁側から外を眺めるばかりだという。

唯一、彼女が自分の意思を示したのが、湯殿の手伝いはいらないということだけ。

ますます彼女が分からなくなった。

最初の輝くような瞳をもう一度向けてほしかった。

あの、こんこんと湧き出る清水のように澄んだ真っ黒な瞳。烏たちの色であり、自分の色でもある黒い瞳で見つめ、そして、もっと笑ってほしいだけだ。

「嫌われている……という感じではないんだがな」

ただ、好かれているかと問われれば、実に怪しいところではある。

それでももう一度、彼女の笑った顔が見たくて毎日足繁く通った成果が、今日ようやく実った。

彼女自ら手を握り、頬にあてがい『怖くない』と言ってくれた。

贈った菫に嬉しそうに触れ『ありがとうございます』と彼女は笑った。

最初に見た優しく心に添うような穏やかな笑みを、ようやく向けてくれたのだ。

陽光に温められた頬がほんわりと赤く染まる姿がまた可憐で、思わず抱きしめたくなった。しかし、やっと少し心を開いてくれたというのに、いきなり抱きしめてまた心を閉ざされては困ると理性でもって必死に押しとどめた。

「だがまだ、彼女にはどこか壁を感じる」

その壁の理由は分からない。

「……レイカ」

烏王は返事する声はないと知りつつ呟き、釈然としない顔で首をかしげた。

「どうも、この名も彼女には合ってない気がする」

彼女にはもっと穏やかな響きの名のほうが似合っていると思う。

しかし、人間の名付けなど詳しく知るよしもない。あまり耳慣れない響きに、単に自分が違和感を覚えているだけだろう。

人世は今急激に変わり始めていると聞く。

この耳馴染(なじ)みのない名もその影響だろうか。

「あーっ！　分からん！」

烏王は乱暴に頭をかきむしった。

ただでさえ無雑作に跳ねている毛先が、よりいっそう派手に跳ねる。

不完全燃焼な思考に「分からん」ともう一度ぼやけば、今度は声が返ってきた。

「なにが分からないので？　烏王様」

丸みを帯びた柔らかな男の声だった。

声がしたのは部屋の入り口ではなく窓の方から。

烏王が横目に窓辺を窺えば、一羽の烏が窓から部屋へと飛び込んでくる。次の瞬間、大きく広げられた両翼は薄墨色の袂になり、平筆のような尾は長衣となった。床に伏せた烏が顔を上げると、そこにあったのは烏ではなく灰色の垂れた目が特徴的な人の顔。

「なんだ、灰墨(はずみ)か」

「なんだとはなんですか。それがこうして懸命に飛び回っている近侍(きんじ)にかける言葉ですか」

「悪い悪い」

灰墨と呼ばれた青年がわざとらしくそっぽ向いて臍(へそ)を曲げる姿に、烏王は苦笑した。

「まあ、烏王様がそこまで言うんでしたら許しますけど」

羽墨の近侍らしからぬ物言いに、烏王の苦笑も大笑へと変わる。

烏王と同年の近侍。彼にはスッと他人の懐に入れるような愛嬌(あいきょう)があり、烏王への親しすぎる態度も彼ならば許されるという雰囲気があった。

「それで、なにが分からないのです?」

途端に、緩んでいた烏王の表情に険が混ざる。

「レイカだ。どうもお前たちから聞いていた像とかけ離れている気がするのだが」

「あー確かに。私も村人たちが口にする話とは随分違うなと思っていました」

「村に行ったのなら、お前はレイカの姿を確認しなかったのか？」

灰墨は肩をすくめ両手を上げると、やれやれと首を振った。

「人間に烏の区別がつかないように、私どもも人間の容姿の区別はつきにくいんですよ。まあ、烏王様には理解しづらいと思いますが」

「はは、お前たちも難儀だな」

同じ烏の妖でも、烏王とその他の烏たちとでは性質が違う。

烏として生まれ、妖力による変化で人間の姿をとる烏に対し、烏王は人間の血を半分もって人間の姿で生まれる。この違いが烏王たる由縁でもあった。

「多少の違いならば気にもしなかったが、正反対と言えるほどに違うとなるとなあ」

彼女の怯えの正体や壁の理由を無理に暴きたくはなかった。時間をかけて距離を縮め、それによって怯えも壁もなくなるのが一番好ましい。

しかし彼女の怯えや壁は、恐らく時間をかければなくなるようなものではないと薄々感じていた。

「灰墨、悪いがもう一度村でレイカの噂を集めてきてくれ」

「夫婦事情に首を突っ込まない主義ですが……まあ、私も気になるのでやぶさかではないですね」

「それじゃ頼んだぞ。あと、お前は窓から出入りするな。入り口を使え」

灰墨は「はーい」と気前のいい返事をして、窓から烏の姿になり出ていった。

すぐに否定しなければならないのに、菊の喉はまったくと言っていいほど役割を果たさなかった。

ひくひくと痙攣するだけで、まともに言葉が出ない。

「あなたは古柴レイカ様……ではありませんよね」

「っそ……ぁ……っ」

菊はレイカではない。若葉は間違っていない。

しかし、菊にとってその正しさは首を斬る刃も同じだった。

――追い出されてしまう……っ。

膝の上で震える菊の拳は、きつく握り込みすぎて色を失っている。

俯いた顔は目がうつろになり、唇も小刻みに震えていた。

もしレイカが菊と同じ状況に置かれていたならば、今頃若葉は頬を腫らして床に転がり、レイカは金切り声をあげて『この無礼な女を追い出せ』と烏王の元へ駆け込んでいただろう。

しかし、あいにくこの場にいるのはレイカではなく、レイカの身代わりとなった菊。

菊にはそのようなことはできない。顔を青くして黙ったままである。

この状況で否定できなければ、それは肯定も同じことだった。

「やはり、そうだったのですね」

若葉が近付いてくる気配に、菊はぶたれる、とぎゅっと目をつむり身を固くした。

しかし、おとずれたのは痛みではなく優しい声。

「やはり、あなたは菊様だったのですね」

「え……」

菊の俯いていた顔が跳ね上がった。意外なことに、正面にあった若葉の顔は責め立てるようなものではなく安堵の笑みをたたえたものだった。

咎められると思っていた菊は混乱に目を白黒させる。レイカではないとバレた上に、一度たりとも口にしたことのない本名まで知られていた。

「覚えておりませんか？　といっても、人の姿でお会いするのは初めてなんですが」

そう言って、若葉は自分の前髪を指さした。

真っ黒な髪の中で、そこだけが一部鮮やかな緑に色付いている。

「緑？　緑……の……」

菊は「あ」と声をあげた。

「もしかして、村にいた緑の烏さんでしょうか⁉」

座敷牢の窓辺に時折やってきては、まるで菊の存在を確かめるように顔を覗かせていく鳥。確かにその羽先は、彼女の前髪と同じ色に染まっていた。

「古柴レイカが花御寮になったと村人たちの話を聞いたのですが、実際に現れたのがあなたで驚きました。あなたは菊と呼ばれていたはずなのに、と」

「あ、あの！　どうかこのことは……っ、いえ、だましているのは悪いことだとは分かっているのですが、その……どうかもう少しだけ……っ」

彼のそばにいさせてほしい。

菊はしがみつくようにして若葉の袂を引っ張り懇願した。瞳の表面で揺らぐ水膜は今にもこぼれそうで、何度も「どうか」と希う声は掠れ掠れだった。

悲痛に眉宇をゆがめれば、瞳の表面の水膜がぽろりと剥がれ落ちる。一度落ちてしまうと、次から次へとどんどん後を追うように、ぽろりぽろりと水膜の欠片が菊の頬を濡らした。

顔を覆い、押し殺した涙声と共に肩を震わせる菊に、若葉の手が伸びる。

「大丈夫です、菊様」

抱きしめるように背に回された若葉の手は、優しいものだった。

「大丈夫です。私は古柴レイカのことはよく知りませんが、あなたの……菊様のことならよく知っておりますから」

上がった菊の顔は、驚きで涙が止まっていた。

「どうして、だましていたのに……私を信じてくださるのですか……」

だまされていたというのに、なぜこれほど優しい言葉をかけられるのだろうか。

なぜ同じ村で育った者たちよりも、数えるほどしか顔を合わせていない彼女のほうが自分の言葉に耳を傾けてくれるのだろうか。

せっかく涙も止まっていたのに、再び目頭がツンと痛くなる。

「森で翼を怪我して飛べないでいるところを菊様が見つけてくれ、お腹がすいているでしょう、と私のためにたくさんの木の実を拾い集めてくださいましたよね」

そういえば一年ほど前、数少ない自由である夜の散歩をしていたとき、地面にうずくまる烏を見つけた覚えがある。近付いても飛ばず、ただぴょこぴょこと地面を歩いて逃げるばかり。よく見れば片翼の羽根がいくらかささくれており、怪我をしているのだと分かった。

「それであなたのことが気になり、村中を探しました。まさか屋敷の地下で隠れるように住んでいるとは思いませんでしたが」

「気になって？」

「烏に施しを与える人間は珍しいですから。その後も菊様は、私が訪ねると『お腹すいてるの？』といろいろな食べ物をくださいましたね。自分のわずかな食べ物さえも分けてくださり……」

ふっと若葉の口元がほころぶ。

「本当は、それほどお腹はすいてなかったのですがね」

「えぇ!? そ、そうだったのですか。やだ、私ったらてっきり、訪ねてくるのは食べ物をもらいにかと……」

「ふふ、そんなに毎度毎度空腹でしたら、鳥は生きていけませんよ」

申し訳なさそうに背をまるめた菊に、若葉は苦笑した。

その笑みはどこか嬉しそうでもある。

「あなたに会いたくて、あなたが心配で、あなたがどうしているか気になって伺っていただけですから」

「でも、どうして私の名まで分かったのです」

自分の名を呼ぶ村人などいないというのに。

「あなたの部屋にやってきた金切り声の女がそう呼ぶのを聞きました。あなたが彼女をレイカ姉様と呼ぶのも……。あなたにつらく当たるあの女が古柴レイカでしょう?」

ここまで知られてしまっては、と菊は素直に頷いた。

「……それで、私が本物の花御寮じゃないと分かって……烏王様に報告しますか」

「いいえ」

「え……？」

「私たちは、人間がどのようにして花御寮を選ぶのか知りません。こちらからすれば、村娘であれば誰だっていいのですから。菊様の様子を見ていると、入れ替わったのにはなにか事情があったのでしょう？　どうしてこのようなことになったのか、話してくださいませんか」

菊は、レイカが花御寮に選ばれてからのあらましを話した。

若葉は「なんと……」と唖然としていた。

「やはり私は、本物の古柴レイカより烏王様の隣には菊様にいてほしいです。そんな女を、様付けでなんか呼びたくない……っ」

最後に言葉を付け加えたときの若葉の顔は、これでもかというほど眉も目も口もすべてゆがんでいた。

いつも涼やかにして表情を大きく崩すことのない彼女が見せた本心に、思わず菊も大きく表情を崩して噴き出した。

「大丈夫です。烏は愛情深いですから、受けたご恩は忘れません」

「それ……烏王様もおっしゃってました。烏は愛情深いから安心しろと」

「ふふ、随分と我らが王に愛されてるご様子ですね」

「あっ、愛⁉　いえっ、あの……きっと烏王様にそのようなつもりは……っ、だから……えっと、ですね……」

顔を真っ赤にしてしどろもどろになる菊を、若葉は穏やかな目で見つめる。

「菊様がずっとここにいられますよう、お守りいたします」

広げた両翼で雛を守り囲う鳥のように、若葉は小さな菊の身体を両腕で抱きしめた。

守られるというのはこれほどに頼もしく心安らかになるものかと、菊は若葉の胸に頭を預け静かに瞼を閉じた。

――どうか、この安らかな時間が少しでも長く続きますように。

『村娘であれば誰だっていい』という若葉の台詞は、今だけは考えないようにした。

外を一緒に散歩した日から一週間、烏王のなにかが変わった。

日中に部屋を訪ねてくるのは変わらないのだが、触れられる回数や一緒にいる時間が増えたように感じる。

それに加え、『レイカ、桜を見に行こう』と言って差し出される烏王の手を握り、ふたり並んで庭に出ることが日課となっていた。

ただ、屋敷の外への散歩はだめらしい。

理由を尋ねれば、「今はまだ俺だけに……」とよく聞こえない声でそっぽを向かれた。

彼だけになんなのだろうかと思ったが、菊も絶対に屋敷の外に出たいというわけではないので、今でも散歩と言えば庭の散策が主だ。

そして今日も烏王は昼頃にやってきて、菊と並んで縁側に腰を下ろしていた。

「……あの、烏王様。私の顔になにか……また散り花でも付いてますでしょうか？」

「いや……」

そう答えたきり、烏王はまたじっと菊を見つめる。

これこそが烏王の一番の変化だった。

烏王は菊に柔らかな眼差しを向け、時折ふっと微笑を漏らしては菊の髪を指先ですくい遊んでいる。

決して嫌なわけではないが、こうもひたすら見つめられ続けると首の後ろも痒くなるというもの。

「う、烏王様、お散歩に行きますか？」

「いや、まだ後でいい」

「では、お茶でも淹れて参りましょうか？」

「いや、喉は渇いてない」

「そう……ですか」

——ど、どうしよう……。

この状況から逃れるための策をことごとく断られてしまい、菊は頭を悩ませた。

部屋に満ちる空気はどこか面映ゆく、次第に自分の顔が熱くなっていくのが分かる。

——こんなんじゃ、私の気持ちがバレてしまうわ。

忌み子の上にまがい物である自分ごときが抱いてはならない想いだというのに。

——この方は、花御寮だから優しくしているに過ぎないのよ。勘違いしてはだめ。

若葉の『村娘であれば誰だっていい』という言葉が、頭の中でグルグルと堂々巡りをする。忌み子と言われても自分の身を呪ったことなどなかったのに、菊は今初めて自分に村の血が半分しか流れていないことを恨めしく思った。

もし純粋な村娘であればここまで悩まずに済んだというのに。

いつの間にか顔の熱は冷め、代わりにつらさが目からこぼれそうになっていた。

慌てて菊はきゅっと強く瞼を閉じる。

そこで不意に横髪を引っ張られる感覚があり、菊は瞼を開けて横に視線を向けた。

「うぅう烏王様!?　なな、なにを……っ!?」

目に飛び込んできた光景に、菊の顔はボンッと音が聞こえそうなほど一瞬で熱を取り戻す。

烏王が菊の髪に頬を寄せ、口づけを落としていたのだ。

「レイカの髪はふわふわして気持ちいいな。まるで天女の羽衣のようだ」

くせっ毛で広がりやすい菊の長い髪。

髪を下ろしたままでいると、いつもレイカに『鬱陶しい髪。存在だけじゃなく髪すらも邪魔なのね』と嫌みを言われたり、叱責を受けるときに引っ張られたりしていた。だから菊はできるだけレイカの目につかないように、村ではずっと三つ編みに結っていた。

そんな経緯があり、菊も自分の髪があまり好きではなかったのだが。

「そのようなこと……初めて言われました……」

「そうか？　俺はずっと思っていたが。歩くたびに軽やかに揺れるこの髪がまるで雛鳥のようでな、いつも愛らしいと思って見ているよ」

「ぁあい……ぁう……うぅっ」

顔だけでなく頭のてっぺんから足のつま先まで、くまなく熱くなる。

烏王の言葉に、菊は言葉にならない声を漏らし手で顔を覆った。

指の隙間から見える菊の肌はこれ以上にないくらい真っ赤で、烏王は目元を柔らかくして嬉しそうに笑う。

するとそこで風が縁側を走り抜けた。

菊の髪をそよがせる春風は火照（ほて）った身体にはちょうどよく感じたのだが、烏王には少しばかり寒かったようだ。わずかに首をすくめ羽織の胸元を合わせている。

「なにか羽織る物を取ってきますね」

烏王の様子に菊は腰を上げた。

「いや……」

しかし、上げた腰はすぐさま下ろされることとなる。

「ここにいてくれ」

「え――きゃあっ！」

グイと烏王に手を引っ張られ、菊は飛び込むようにして烏王の腕の中へと倒れ込んだ。驚きに目を白黒させる菊。背中は温かく、視線を下ろしてみると腹部には黒い着物を纏った腕がしっかりと絡みついていた。

「羽織よりこちらのほうがいい」

「ひゃっ!?」

すぐそばで聞こえた耳朶を撫でるような心地いい低音に、菊は身体を跳ねさせ小さな悲鳴を漏らした。クスクスと優しい笑い声が聞こえる。

「今のレイカは随分と温かそうだからな」

「い、意地悪を……おっしゃらないで……ください」

声が尻すぼみになっていくのと一緒に菊が顔を俯ければ、腹部に巻きつく腕に力が込められ、背中の熱がより密着する。肩口に顔を埋めた烏王がおかしそうに笑っているのが、揺れる髪から伝わってきた。

「烏王様……っ」

菊は赤くなった顔で少しだけ抗議を滲ませた声で呼ぶ。

それに対し返ってきた烏王の声は、一変して静かで甘やかなもの。

「……レイカ」

呼ばれた名前に胸が痛んだ。

今、『それは私の名前じゃありません』と言えたらどんなにいいか。『私は身代わりの花御寮なんです』とすべてを打ち明けられたら、どんなに楽だろうか。

しかしそれは同時に、この穏やかな時間を壊してしまう言葉。

たとえまやかしの幸せだったとしても、少しでも長く彼のそばにいたかった。

「レイカ、そろそろ同じ棟で暮らさないか」

菊は囁(ささや)かれた言葉をしばらく理解できず固まる。

頭の中で『同じ棟』という言葉を繰り返し、ようやくそれがなにを意味するのか察したとき、菊の口はまともに言葉を発せなくなった。

「っあぁぁあの……そのっ、えぇっと……ぅやぁ……」

菊の頭の中では、『子を成さねば』という以前の烏王の台詞がよりなまめかしい響きをもってグルグルと脳内を駆け巡っていた。

ふっ、と烏王の笑みが漏れる。

「それではなんと言っているのかさっぱりだぞ」

胸の前で握り込んでいた菊の手に、烏王の手がそっと重ねられた。

「もっと俺はレイカのことが知りたい……今以上に……だめか？」

烏王が肩口から覗き込むようにして答えを待っている。

なにか答えなければと思うものの、煮えた頭でもどうにか残ったわずかな理性と感情がうまく噛み合わない。

心は頷けと言っているのに、理性がそれは危険だと首を横に振らせようとしていた。

期待と不安の籠もった烏王の眼差しにこれ以上耐えられなくなったとき、まさに天の助けかと思う声が部屋に入ってきた。

「花御寮様、また面白そうな本を見つけたのでお持ちしましたよ――って、あら、もしかして私ったらお邪魔しました？」

頭の上に湯気が見えそうなほど茹だった菊の顔を見て、若葉は踵を返そうとした。

それを菊が慌てて止める。

「ああ待ってください！　ほ、本がとても気になりますので！」

若葉がチラと烏王に視線を向ければ、烏王は瞼を重くして残念そうに唇を尖らせていた。

若葉が持ってきた本を子供のようにキラキラとした目で確認していく菊。

「なんなのだ、この本の数々は？」

そういえば、と烏王は菊の文机を一瞥する。

そこにも、以前にはなかった本がやはり何冊も積まれていた。

「あの、私ったら皆さんのことを詳しく知らないので、少しでも学べたらと。烏に関する歴史やお話などの本を若葉さんに集めてもらっているのです」

「今、花御寮様がお読みになっている本は、よく私どもが子供の頃に読んだ『虹色ぬばたま』ですよ」

「童話か」

菊が恥ずかしそうに顔を俯ける。

「その、あまり読める文字が多くなくて……」

烏王は文机にポンと一冊置かれていた読みかけだろう本を手に取ると、懐かしそうに頁(ページ)をパラパラとめくる。すると本の合間からスルリとなにかが抜け落ちた。

「あっ」と菊の焦ったような声が飛ぶ。

「ん？　なんだこれは」

組んだ足の上に落ちたそれを烏王が拾い上げれば、和紙で作られた栞(しおり)だった。

くるりと裏を返した瞬間、烏王は「これは」と先ほどと同じ言葉を口にして目を見開いた。

紫色の〝見覚えのある花〟が、白地の和紙に挟まれている。

驚きに菊を見やれば、菊は袂で顔を隠し小さくなっていた。袂の隙間から見える菊の耳は真っ赤だ。

烏王が見覚えがあると思ったのも当然である。栞に飾られていた花は、彼が菊の髪に飾った菫なのだから。

「ああ、その栞はこの間、花御寮様が作られたものですよ。和紙と紐が欲しいとおっしゃるので差し上げたら、こんなに可愛い栞を作られて」

「わ、若葉さん……」

「しかも、紐も濃い紫のものがいいというこだわり仕様で」

「若葉さん、あのっ、もう……本当に……っ」

自慢げに語る若葉の隣で、菊はどんどんと赤く小さくなっていく。

「濃い紫？」と烏王は訝しげな声を漏らす。

手の中にある栞には確かに紫紺色の紐が通してあった。

若葉の言うとおりだとすると、この紐の色にも意味があるのだろうがと菊を見やれば、潤んだ瞳と目が合う。

菊は気恥ずかしいのか「え、あう」と言葉にはならない様子で、ついには瞼を伏せてしまった。

しかし「実は……」とか細い声を出すと、伏せた視線をゆっくり上げる。

下から這わせた菊の視線は、烏王の目を捉えるとピタリと止まった。

次第に、菊の瞳は恥ずかしさに耐えられないのか潤みを増していく。それでも目を逸らそうとしない菊に、ようやく烏王も菊の視線の意味を理解した。

「——っな!? いや、そんなまさか……っ」

菊の見つめる先——烏王の瞳も確かに〝濃い紫色〟だった。

琹と菊を交互に見やる烏王。その顔は、彼を見つめる菊と同じくらい赤い。

「あらあらぁ、お邪魔烏は去りましょうか」

「も、もう！ からかわないでください、若葉さん」

若葉は袂で口元を隠していたが、しっかりと目は笑っていた。下瞼を押し上げている頬は、きっと口端も引き上げているのだろう。

菊は頬を膨らませて若葉に遺憾を伝えた。しかし、若葉はそれさえも愉快だと笑みを濃くするばかり。

なんと言っても暖簾に腕押しだろうと、菊は若葉の口を止めるより烏王への釈明を優先させる。

「あ、あの、烏王様にいただいた菫がとても綺麗だったもので、どうしても手元に置いておきたくてこのように勝手なことを……お、お気を悪くされたのなら――」

しどろもどろで、しかし懸命に説明しようとする菊。眉は情けなく垂れ下がり、その顔は真っ赤。

身体を小さくした菊が、鼻の前で合わせた袖先から目だけを覗かせ見つめてくる様は、烏王の身体を熱くした。

烏王は額を押さえ、「はぁぁ」と長い長いため息をついた。

「……我慢しているこっちの身にもなってくれ」

「え」

次の瞬間、菊の額に烏王の甘やかな熱が落ちた。

口づけをされたのだと気づいたときには、烏王は菊に背を向けてちょうど部屋を出るところだった。

パタンと気遣いの感じられる音で扉が閉まれば、若葉が「きゃー！」と小声で悲鳴をあげ、目をかつてないほど輝かせていた。菊は烏王の唇が触れたところに触れ、烏王の去っていった方をしばらくぽうっと眺めていた。

それから数刻後、菊の部屋に大量の花が届けられた。

シロツメに菫、蓮華（れんげ）にナズナ。

若葉は文机の上を占領している花を眺め、たまらないとばかりにぷっと噴き出した。

「これは、たくさん紫色の紐を用意しないといけませんね、花御寮様」

「いっぱい読みかけの本を作ってしまいそうです」

菊は花束を潰さないようにぎゅうと抱きしめ、その幸せの香りにしばし酔いしれた。

――私、こんなに幸せでいいのかしら。

◆

村に行かせてから一週間も過ぎた頃、ようやく羽墨が戻ってきた。

「――嘘をつくな!!」

灰墨が持ち帰った報告を聞いた途端、烏王はかつてないほどの怒声を灰墨に降らせた。

勢いよく立ち上がったせいで派手な音をたてて脇息は倒れ、そばにあった文机までも震動でカタカタと揺れた。

文机にのっていた筆が床に落ち、物寂しい硬質的な音をたてる。

余韻が消えれば、それを待っていたように灰墨が口を開く。

「私が烏王様に嘘などつきますか」

「そんな……レイカが、身籠もっているだと……!?」

ふらりとよろめく烏王は、顔を覆った手の下で悲痛に唇を噛んだ。

「村はその噂でもちきりでしたよ。なにしろ、花御寮様の相手だという男が声高に『レイカの子は俺の子だ』と叫んでおりましたから。まあ、武勇伝のように語るその様は実に阿呆っぽかったですが」

「……っ嘘だ」

膝から崩れ落ちるようにして座った烏王は、顔を覆ったまま繰り返し嘘だと呟く。

いつも凜然として多少のことでは取り乱さない主人が、見ているほうが痛々しくなるほど憔悴していた。

これには報告を持ってきた灰墨も後悔に眉を寄せた。

花御寮についてもう一度調べてきてくれと頼まれてから、灰墨は村にいる烏たちを使い『古柴レイカ』について情報を集めた。といっても、聞き込みなどするわけでなく、村人たちの話に耳を傾けるだけなのだが。

灰墨は当初、もう村を出た花御寮のことを話す者はいないだろうと、半ば調査を諦めていた。

しかし意外にも、村人たちはまだ花御寮の名を口にしていた。これはよかったと思ったのも一瞬、聞くのではなかったと奥歯を噛む羽目になった。

『ねえ、レイカが妊娠してたって話聞いた⁉』

『聞いた聞いた！　なんでも、もう四ヶ月だったらしいわよ』

『え、あの古柴家の娘がか⁉　確かあそこの娘は花御寮に選ばれたはずじゃあ』

『まあ正直、レイカならあり得そうかなって納得だよね。よく村の男たちにちょっかいかけてたし、僕も誘われたことあるしな』

村の至るところで聞いた花御寮に関する話は、どれも耳を疑うようなものばかり。しかも極めつきは、相手だという男自ら村のど真ん中でそのことを誇らしげに吹聴して回っていたのだ。

『レイカの子が生まれたら、そいつが次の烏王になるんだろ？　だったら、俺ァ烏王の本当の父親なわけだし、烏どもの王になれるかもなあ！』

いつ選ばれるか分からない花御寮候補の村娘たちに手を出してはならない、というのが村の掟でもある。

しかしこの男は、自分が〝王の父〟になれるという甘い夢に陶酔しきり、村の掟を破ったことさえ英雄気取りで話していた。

『さすがにバレるのでは』『村に迷惑がかかったらどうするつもりだ』と、話を聞いた者は当然の疑問や批難を口にする。

『なぁに、卵で生まれるような烏が、人間様の生まれ方なんか知るわきゃないさ。烏王がどんな奴（やつ）か知らんが、レイカの腹から生まれるんなら人の形をしていてもおかしくはないだろ。それに、レイカも死にたくはないだろうからうまく隠し通すさ』

灰墨は、その場で男の首に嘴で風穴を開けてやろうかと思った。掟破りを自慢し、自分たちの王までも愚弄する、その汚い声を元から絶ってやろうと。

しかしそれよりも今は、この最悪で最重要な情報を持ち帰ることが先だ。

こうして灰墨は、烏王の予想をはるかに超える報告をすることとなった。

「村人の口にのぼる花御寮様と、あの花御寮様が一致しなかったのですが、よくよく考えれば、花御寮様は輿入れされてから一度も身体を見せることがなかったはず。侍女にも、烏王様にも。湯殿で侍女を追い払うのは、もしや腹の膨らみを隠すためでは？」

羽墨はためらいながらも、眉間を険しくして考えうる最悪の可能性を口にした。

あの吹聴男は、烏だから人間の生まれ方を知るわけがないと言っていたが、どれだけ短絡的なのか。人間である花御寮を今まで何代迎えてきたと思っているのか。

ましてや、烏王は人の身をもつ。人間のことなど当然のように皆が知っている。

烏が頭のいい生き物だと忘れているようだ。

馬鹿な夢を見ている吹聴男も、だまし続けられると思っている花御寮も。

「花御寮様の生家のほうも伺ってみましたが、使用人すべてを解雇したらしく、火が消えたように静かなものでした。さすがに噂が恥ずかしくて、おとなしくせざるを得ないのでしょうが」

「もういい……聞きたくない……」

「烏王様、花御寮様は村に突き返してやったらどうです。そして別の村娘を……って、烏王様!?」

烏王は灰墨の言葉も最後まで聞かずに、部屋を飛び出していった。

◆

烏王が羽墨から報告を受けていたその頃、菊は最近の日課となっている押し花作りを若葉や他の侍女たちと行っていた。

――ああ、なんと穏やかな日々なのかしら。

花を丁寧に伸しながら、会話に花を咲かせる。

侍女たちは、烏王と菊がこの間も仲良く散歩しているのを見たと菊をわざと赤面させては、それを微笑ましいと楽しんでいた。

しかしその穏やかな時間も、荒い足音をたててやってきた烏王によって突然の終わりを迎える。

いつもなら菊を驚かせないように静かに扉を開け、ゆっくりと近付く烏王。

しかし今は扉を邪魔だとばかりに乱暴に開け、侍女たちなど目に入らぬ様子で一直線に菊へと詰め寄っていた。

肩を掴むその手の強さに、思わず菊も「きゃっ」と小さな悲鳴を漏らす。

烏王のあまりの変化に驚きと怯えの悲鳴を侍女たちが漏らせば、烏王は横目に一瞥し『出ていけ』と、その眼光の鋭さで伝えた。

震え上がった他の侍女たちは飛び去るように消え去ったが、若葉は菊を気遣い、ためらいがちにまだ部屋に残っていた。

彼女だけが、菊がレイカではないと知っている。烏王の剣幕から身を偽ったのがバレたかと思い、せめて菊が悪い扱いを受けないようにと取りなすつもりだった。

「なにをしている、若葉。去れ」

聞いたこともないような〝王〟としての烏王の声に、若葉の全身からドッと汗が噴き出す。それでも若葉は食い下がろうとした。

しかし、菊がそれを望まなかった。

「若葉さん、私は大丈夫ですから」

血の気の失せた弱々しい笑みでなにが大丈夫なものかと思えども、そう言われてしまえば若葉にはその場に残る権利はなかった。

ふたりきりになった途端、早速に烏王は核心の言葉を口にした。

「身籠もっているというのは本当か」

「——っ!?」

菊はまなじりが裂けんばかりに目を瞠った。

そんな馬鹿な。この身体は誰ひとりとして触れたことがないというのに、いったいどのようにして身籠もるというのか。

菊も若葉同様に、レイカとの入れ替わりがとうとうバレて、それに激怒した烏王がやってきたのだろうと思っていた。

しかし彼の口から問われたのは、身の偽りなど些細に思えるほど衝撃的なこと。

——ああ、そういうことだったのね。

同時に、菊はすべてを悟った。

なぜ叔父が、バレてしまえば古柴家さえなくなってしまうような〝花御寮の交換〟という危険な選択を許したのか。あれだけ叔母やレイカが懇願しても首を縦には振らなかった人が。

あの人たちは、レイカが妊娠しているのを知っていたのだ。娘の掟破りの尻拭いに、菊も烏王も村さえもすべて巻き込んでだましたということだ。

「……っどうして……なにも言ってはくれないのだ……」

「そ、れは……っ」

菊の肩を掴む烏王の手が震えていた。

しかし、菊には答えようがない。

否定すれば自分がレイカではないと白状しているようなものであり、レイカで居続けるために肯定しても結局は彼に捨てられるだろう。

『捨てられる』という自分の言葉に、菊の目が熱くなる。

遠ざかっていく背を見るのがどれだけの喪失感を抱かせるか菊は知っていた。

もし、その背が愛しい者だったらと考えただけで胸が苦しくなる。

まるで全身を苛む苦しさを追い出すように菊の目からは雫があふれ、頬を滑り落ちる。

神事で決めたことに逆らい、まがい物が嫁いだから罰が当たったのだろうか。

縋るように菊の胸に頭を寄せる烏王。

肩を掴んでいた彼の手がズルリと力なく床に落ちた。

「この身体に他の男が触れたと思うだけで頭がおかしくなりそうだよ。この甘い香りの髪に口を寄せ、この華奢な手に抱きしめられた男が俺は憎い。そして、ここに……

他の男と愛し合った証(あか)しが宿っているなどと……」

烏王の指先が菊の腹を撫でた。しかしそれは着物の表面をなぞったのみ。

こんなときでさえ、彼の指先には優しさが滲んでいる。

そしてこんなときでさえ、彼の切なる愛の告白に菊は喜びを感じてしまった。

つらく甘く切ない思いが菊の内側で暴れ、身を引き裂かれるようだった。

「言えっ、男の名を！　消し炭にしてくれる！」

「知、りませ……っ」

本当のことだった。菊はレイカの相手など知らない。

しかしその言葉は、烏王からすれば相手の男を庇(かば)っているようにしか聞こえない。

わずかに残っていた烏王の理性が瓦解した。

「――んぅ……っ!?」

菊の唇を烏王のそれが塞いだ。

突然の噛みつくような荒々しい口づけに、菊の涙も止まる。

「……っ、ぁ……う、っ様……っん」

激しくとも優しく交わされる甘やかな熱に、菊の意識は白くなった。

角度を変えては何度も落とされる口づけ。次第に烏王の唇は菊の顎をなぞり、首を這い、そしてより深くまで下りていく。

烏王の手が菊の着物を脱がせようとした。

「——っ嫌！」

しかし、我に返った菊によって烏王の手は弾かれる。

手を払った痛々しい音が、言葉以上の拒絶を表わしていた。

「あ……す、すみ、ま……っ」

自分がなにをしてしまったか理解し、止まっていた涙が後悔と共に再び頬を濡らす。

烏王は打たれて赤くなった手を眺め、ふっと歪に笑った。

「やはり、その男のことが好きなのだな」

「違……っ」

「俺に向けてくれたあの笑みも、栞も、怖くないと言ったあの言葉も、すべて俺を欺くための芝居だったわけか。ははっ、ならば成功だよ。まんまとだまされて……っ、こんな状況なのに、未だにお前が愛おしくてたまらないとはなっ！」

烏王の哀切な叫びは部屋にこだました。

くしゃりと前髪を握り込み、背を丸める烏王。

「……村へ帰してやる」

「っ……い……っあ……」

菊は嗚咽をあげ首を横に振った。

「頼む、これ以上俺を狂わせてくれるな」

菊に向けられた烏王の今にも消えてしまいそうな弱々しい笑みは、明らかな諦念だった。

自分がこれほどまでに愛されていたとは。

そして、そのような相手をこれほどまでに傷つけてしまったと実感した菊は、涙を拭うとすっくと立ち上がり着物の帯をほどき始めた。

どのみち捨てられるのなら、彼への誠意だけは守りたかった。

彼に嘘をついた、嘘の自分のままでいたくなかった。

「確かに、私は烏王様をだましておりました」

シュルシュルと床にわだかまっていく帯たちを、烏王が凝視する。いったいなにをしているのか、想像もつかないといった様子。

「私が誰にも身体を見せなかったのは……」

纏っていた最後の一枚が床に落ちれば、烏王は息をのむ。

「この身体を、見られたくなかったのです」

「その身体は……」

菊の身体は至るところに痣や傷があった。

古いものから最近できたであろうものまで、決して転んだり自ら怪我をしたりしただけではできない場所にまで傷痕があった。

それは故意に傷つけられたということ。

「このような汚い身体、烏王様にも……誰にもお見せしたくなかったのです。汚い娘だと、烏王様にふさわしくないと言われ捨てられるかもと」

烏王は自らの羽織を脱ぐと、菊の身体を覆いその上から抱きしめた。

「すまない……っ、つらい思いをさせた」

少しも離れたくないとばかりに、ぎゅうと力強く菊を腕の中に引き入れる。

「レイカが、俺や侍女にさえ身体を見せない理由は分かった。だが……」

烏王は菊の身体を見て、傷の多さだけでなくもうひとつ驚いたことがあった。

「その腹はまるで……」

まるで妊娠していない女のものだった。

膨らみは微かもなく、手の細さから想像したとおりの華奢さ。村を出るときに既に妊娠が分かっていたのなら、それから一ヶ月も経つ今頃には多少なりの膨らみがあるはずだ。

「私は、古柴レイカではないのです」

烏王は、どこか腑に落ちるところがあった。

「申し訳ありません、烏王様や皆さんをだましてしまって」

「では、身籠もってもないのだな？」

「もちろんです。それどころかこの身に触れたがる者など、ひとりもいませんでしたから……」

「はぁぁ」と烏王は長い息を吐き、菊にしなだれるようにして抱擁を強くした。

菊の耳元で「よかった」と囁かれる声の細さは、彼の心の底からの安堵を表わしていた。

しかし、菊が告げなければならないのはこれだけではない。まだひとつ残っている。

身代わりよりもずっと重い罪。

この身体に印された傷も元はそれが原因だ。

「烏王様、私は元より花御寮になる資格を持たないのです」

「資格？　どういうことだ」

「私は、母が村外の男との間に作った忌み子です。ですので、私の身体には村の者の血は半分しか流れておらず……」

烏王はすべて理解した。

彼女が手を伸ばせば怯えた理由も、いつもどこか不安に目を揺らしていた理由も、笑い合おうと必ず取り除けない壁があった理由もすべて。

そのどれもが、彼女の意思に反したものだったということも。

声が尻すぼみになるのと一緒に俯いていく菊。

自分の胸下までしかない菊の小さな頭に、烏王は腰を折って口を寄せた。

「なあ、本当の名を教えてはくれないか?」

「菊……と、申します」

「とても似合う名だ」

烏王は身に染み込ませるように「菊」と丁寧に口ずさんだ。菊の顔が恐る恐る上げられる。

この先、何百何万と口にする名だからこそ、その最初は心を込めて呼びたかった。

今度こそ本当の名を。

「俺の愛しい菊」

「はい」

返事する菊の声や表情に壁は一枚もなかった。

「もう、なにも心配しなくていいから」

烏王はようやく、本当の意味で菊を呼べた気がした。

初めての恋と手にした本物の愛

花御寮の輿入れを無事に終えて、早くも二ヶ月が経とうとしていた。

村では実は花御寮が身籠もっていたなどという危うい噂も囁かれているようだが、すべてを終えた後では烏王側に伝わることもないと、村長は安穏とした日々を過ごしていた。

そんなある晩、すっかり村も寝静まった夜半に家の戸を叩く者があった。

「こんな時間に……ったく、誰だ」

腹立たしさを感じつつも出てみれば、家の前には妖しい瞳をもった大きな黒烏が立っていた。

「突然の来訪を許せ、村長」

驚きに寝惚け眼を何度もこすり、ようやく目の前で立っているのが大きな烏ではなく人だと分かる。

「どうやら、この烏王を謀った阿呆どもがいると聞いてな」

「う……烏王……様……っ!?」

村長は声をわななかせ、尻から地面に落ちた。

「う、噂の件は、わ、わたくしもつい先日知ったばかりで……！」

「ほう、どうやら噂は長の耳にも届いていたか。ならば話は早い。もちろんなんらかの沙汰を下しても文句はあるまい？」

この世の者とは思えない美しい顔がニヤリと笑う姿は凄絶で、村長は地面に額を擦りつけ、無言で了承の意を表わした。

枕元に現れた、浮世離れした臈長けた面ざしの青年に叩き起こされ、レイカの両親は目を覚ますと同時に腰を抜かした。

青年の口元は柔和な線を引いていたが、彼の紫紺色の瞳は宝石のように硬質的で驚くほど冷たい。

間違いなく村人でもなければ人間でもなかった。

「よくも俺を謀ったな」

そのひと言で、レイカの両親は瞬時に誰がなんのために訪ねてきたか察した。

「ち、違います！　こ、これは、わたくしどもの意思ではなく……そ、そう！　我が家で養っていた忌み子がどうしてもと言うものでして、わたくしどもも渋々――」

烏王は「ほう」と目を細める。

すると、部屋の外から気怠い声が入ってくる。

「お父さんったら、夜中になぁにぃ？　うるさくて目が覚めちゃ――ッヒ！」

　真っ先にレイカの目に飛び込んできたのは、両親が布団の上で土下座する姿。その頭の先には暗闇に紛れた男が立っており、彼の眼光にレイカは喉を痙攣させた。

　しかしそれも一瞬。

　目が闇に慣れ、男の容貌がひときわ優れていると分かると、レイカの眉はたちまち垂れる。

「ああ、お前が本物のレイカか。会いたかったぞ」

「本物……って、もしかして烏王様!?　ああ、やっぱり！　あたしを迎えに来てくださったのですね」

　レイカは嬉々としてはしゃぐが、烏王は冷ややかに視線を下げた。

「その腹……やはり身籠もっていたか」

　レイカの腹は丸みを帯びていた。

「あ、こ、これは……村の男に無理やり……あ、あたしは花御寮になりたくて純潔を守ってきたのですが……妹が花御寮を代わらなければ掟破りを長に言いつけると脅してきて……っ」

　烏王は片口を吊り上げた。

　この娘は、こちらがなにも知らないと思っているのだろうか。立派に泣きまねまでして、己の罪をまだ菊に被せようとしている。しかも無理やりとは、どこまでも厚かましい。

「あははは！　実に立派な親子だ！　こうも同じことを言えるとは」

実に滑稽で、笑わずにはいれなかった。

「親子共々腐っている」

底冷えするような烏王の声音に、三人の肩が跳ねる。

「勘違いするな。俺はお前たちに罰を与えに来ただけだ。誰がお前のようなウジ以下の女を迎えに来るか」

吐き捨てるように言った台詞に混ざった〝罰〟という言葉を三人はしっかりと聞き取った。暗闇で三人の顔は青白く浮かび上がり、カチカチと歯が震える音が響く。

「数百年と同じ村の中で婚姻し続けても、病が出なかった理由が分かるか？　その滅伐の力が血の悪も抑えていたからだ。では、その抑えていた力がなくなればどうなると思う」

レイカはイヤイヤと首を振りながら後ずさる。

「なんでよ!?　菊が気に入らなかったからって、どうしてあたしたちに意地悪するのよ！」

「そ、そうです！　やはりあのような娘はお気に召さなかったのですよね!?　だから罰などと」

「娘はこのとおり器量よしです！　腹の子はこちらでどうにかしますのでお許しください！」

この期に及んでなにも分かっていない三人に、烏王は憐れみさえ覚えた。口々に「やめてください」と、餌を欲しがる雛鳥のように喚いている。雛鳥と違ってまるで可愛くはないが。

「菊も、お前たちに何度折檻をやめてくれと願っただろうな。それでお前たちはやめたのか？」

そこで三人はようやく烏王がなにに怒っているのか、そして今までの自分たちの発言が彼を逆撫でするようなものだったことも理解した。

「お前たちが生きている限り、俺の菊は苦しんでしまう」

烏王が手をかざせば、三人の身からなにかが抜け出す。と同時に、三人は糸の切れた操り人形のようにグシャリと床に不細工に突っ伏した。

「これからお前たちは急激に老衰し、この世に存在する数多の病がその身を蝕む。疼痛・疝痛・楚痛・酷痛さまざまな痛みに苛まれ、早々に死ぬ。運よく生き残っても、病の苦しみを一生背負うことになる。死んだほうがマシだと思うだろうな」

烏王が言い終わると同時に、レイカたちの手は干からびたように皺が刻まれ始めた。

「嫌あああ！」

「実に耳障りな悲鳴だ」

烏王は不快に眉根を寄せたが、その叫喚もすぐにしわがれ耳にも届かなくなった。

◆

菊は薄紅より緑が多くなった景色を、縁側から静かに眺めていた。

「そんなに桜が珍しいか」

春風のような温かさを含んだ心地いい声が菊の背にかけられる。

振り返れば、烏王が微笑みを浮かべ立っていた。

「烏王様！」

菊は、縁側の向こうに広がるあやなす景色にも負けぬ鮮やかな笑みで彼を迎え入れた。

「それにしても、まさか村長が古柴家の者たちが村から出ていくのを許すとは思いもしませんでした」

忌み子である菊さえも、村の内で抱えたというのに。

「二度と会うこともないから、もう気にするな。忘れろ、菊」

「はい、烏王様」

烏王は古柴家の三人の結末を、菊には教えなかった。

たとえ自分をいじめていた相手といっても、本当の結末を知れば心優しい菊は自分を責めてしまうだろうから。

烏王の唇が菊の額を掠め、くすぐったさに菊は烏王の肩口に頬を寄せる。

菊は胡坐の上に横向きで乗せられ、すっぽりと烏王の腕の中に収まっていた。

近頃はこの体勢が彼のお気に入りらしい。その前は、背後から烏王が覆うような形だった。

重ねられたふたりの手は、指先まで絡んでいる。

「もう俺の手は怖くないか？」

菊は苦笑した。

「意地悪ですね。あれは一種のクセですから。ぶたれるとき以外、私に手が差し伸べられることはありませんでした……」

輿入れしてからほんの二ヶ月ほどしか経っていないというのに、村での生活がはるか昔のことのようだった。

「今、私は烏王様の腕の中にあれて、とても幸せです」

「俺もだ」

陽だまりの中にいるかのように、ふたりの表情は穏やかなものだった。

「今ならば分かる。村と契約を交わした最初の烏王が、なぜ村娘を欲しがったのか」

「どうしてです？」

「烏の翼は、愛しい者を雨露から守る傘になってはやれるが、このように抱きしめることはできないのだ。きっと烏王は、愛する者を片時も離さず温められる腕が欲しかったのだろうな」

真っ黒の着物を着た烏王が菊を抱きしめれば、まるで烏が抱いているようだ。

「それにしても、私は本当に花御寮のままでいてもよかったのでしょうか」

なによりそれが一番の問題だと菊は思っていた。

もし烏の郷の掟を彼に破らせているのなら申し訳ない。

「ははっ！　勝手に村が決めた掟など知らんな。元は秘密保持のために村娘と指定したのだろうが。別に花御寮に滅伐の力は必要ないし、人間であればかまわないのさ」

案外とあっさり解決したことに、菊は拍子抜けした。

「まあ、そうだな。花御寮の資格というのなら……」

顎を撫でながら思案に天を仰いだ烏王。なにやら思いついたのか、ニヤリと悪戯小僧のような笑みを浮かべ菊に目を向ける。

「そろそろ、俺の名を呼んでもらおうか」

「えっ、烏王様の名ですか!?」

「確かに教えたぞ。まさか……忘れたなんてことはないよなあ、菊?」

「ちゃ、ちゃんと覚えてます!」

瞼を重たくし顔を迫らせてくる烏王に、ブンブンと首を横に振り慌てて否定する菊。

「お、覚えてはいるのですが……心の準備と言いますか、こう改められては恥ずかしいと言いますか……私などが烏王様の名を呼んでもいいのかと」

彼の名は、出会った日に教えてもらっていた。

しかし、今まで頑なに呼ばなかったのは、まがい物の花御寮である自分が呼んでいいものだとは思わなかったからだ。

それに、すっかり〝烏王様〟で慣れている分、今さら面と向かって男の人の名を呼ぶのも気恥ずかしい。

「もう菊は本物の俺の花御寮なのだから、気兼ねせず呼んでほしいのだが」

「でも、その……妖の方々の名はとても大切なんですよね」

名を教えられたとき、妖にとっての名の意味も一緒に教えられた。

「ああ。俺たち妖にとって名とは縛りであり、それを他の妖に知られることは弱みを握られるも一緒だからな。おいそれと口にはしない。菊が呼んでいる若葉だとて、真名は別にある。俺の烏王も若葉もただの呼び名だ」

「でしたらやはり、私が名を呼ぶのは危ないのではありませんか!?」

そんなに大切な名をもし他の者に聞かれてしまったらと考えると、恐ろしくて呼べない。

「まあ、進んで公にすることではないが、しかし、烏たちの中で真名を知られても問題はないよ。俺の名付け烏もいるのだし、真名を知っている者もいる」

「そうなんですね」

「だから菊、俺を縛ってくれ」

烏王の指が菊の顔に伸び、菊は慌てて瞼を閉じる。

「お前のこの口と声と眼差しで、俺が菊だけのものだと教えてくれ」

「ん……っ」

伸びた指先は花弁に触れるような優しさで菊の唇に触れ、喉を撫で、瞼をなぞった。

烏王のくすぐったい指先が遠ざかり菊が瞼を開けると、目の前には満面の笑みを浮かべる烏王の顔があった。

キラキラとした紫の瞳が嬉しそうに自分の瞳を覗き込んでおり、思わず魅入ってしまう。

烏王の瞳が『呼んでくれ』と菊に呼びかけていた。

紫の瞳に映った自分は、まるで夜半の檻に囚われているかのようだ。しっとりとした欲が瞳の奥でちらちらと揺れ、見つめられるだけで烏王の心が伝わってくる。

　無意識に菊は烏王の頬に手を添えていた。

　目は口ほどにと言うが、いつも村で向けられてきたのは菊を嫌悪するものばかり。このような温かな眼差しを向けられたのは初めてだった。

——ああ……私、この方の瞳に私以外を映してほしくないんだわ。

　きっともう手放せない。

——私は、この方とずっと共に生きていきたいの。

　であれば、菊のすべきことはひとつ。

　気がつくと菊の口は、その名を紡いでいた。

「紫月(しづき)……様」

　たちまち紫の瞳の中でいくつもの星が瞬いた。

「……っ菊！」

　烏王の目は大きく見開かれ、驚きと喜びが入り交じった表情で菊を凝視している。初めて見る彼の表情に、今度は菊が嬉しそうに目を細めた。

「私、紫月様に恋しております」

　頬を上気させとろけたような表情を見せる菊に、彼女を抱く烏王の手の力も強くなる。

「私の最初で最後の、一生に一度きりの恋です」

烏王の瞳が揺れた。

「花御寮になる者は普通無理やり嫁がされた者ばかりで……だから俺も温かな結婚など諦めていたのだが……まさか、これほどの幸せを手に入れられるとは……っ」

「紫月様、どうか私に縛られてくださいませ」

柔らかく烏王の両頬をとらえた菊が笑えば、くすぐったそうに肩をすくめて烏王も笑った。

「俺の花御寮！　覚悟してくれ。もう到底お前を離せそうにない！」

「はい。離さないでくださいませ、紫月様」

「愛しているよ、菊」

宝物を扱うように丁寧に優しく、されど強く強く抱きしめた烏王の腕の中で、菊は幸せに表情をほころばせた。

完

龍住まう海底から、泡沫の恋を

湊祥

『龍神様は、その時を迎えたら消えてしまうのです』

＊

小さき姿に変化して魚の子供たちと遊んでいたら、うっかり人間に捕らえられてしまった。

その後紆余曲折を経て、人間の子供たちがたくさんいる部屋の水槽の中で俺は飼われることになった。

早く海に戻らなければならなかった。龍宮城の皆が心配しているはず。なんたって、俺は龍神なのだから。

そんな俺に、「元気？　今日は暑いけど温度は大丈夫かな」とか「お腹すいたんじゃない？　今ご飯あげるからね」などと、毎日優しく話しかけ世話をしてくれる人間の少女がいた。

狭い水槽の中に捕らわれた俺は、彼女の眩しい笑顔に救われていた。

この子が俺の世話をしている間は、自身の危機的状況も忘れて楽しい気分になったほどだ。

ある日俺は、ひときわ強く「海に帰りたい」とその子の前で願った。

すると彼女はハッとしたような顔をして、「海に帰りたいの？」と聞き返した。

俺の言葉など通じないはずなのに、その子は俺の気持ちを察したのだ。

そして彼女は、俺を海に帰してくれた。

あの日からずっと、俺は彼女のことを気にかけている。

今頃どうしているだろう。もう何年も経ったし、大人になっている頃だ。どんな女性に成長したのか、想像してしまう。きっとあの時のまま、思いやりにあふれていてかわいらしいに違いない。

俺は彼女に恋をしてしまったのだ。龍神である俺が、人間に。

しかしこの恋は決して報われることはない。

だって龍神は、いつの日か――。

＊

「あのさ。いい加減、空気読んでくれない？　俺には本命の彼女が別にいるんだって。碧とはそういうんじゃないから」

一瞬、私の彼氏――琢磨がなにを言っているのか私にはわからなかった。頭がそれを理解するのを拒否したのかもしれない。

琢磨とは、付き合ってすでに一年以上が経っている。同級生からおめでたい話題が次々と聞こえてくる、二十代中盤の私は、やはり彼とこの先の人生を共に歩んでいくことをつい想像する毎日だった。

琢磨は『俺たちの結婚式は豪勢にやりたいね』と言ったり、『友達をたくさん呼ぼうな』などと微笑みかけてくれたりして、私との結婚について乗り気そうに見えた。

しかし、お互いの親族に挨拶しようだとか、友達に婚約者として紹介しようだとか、私が具体的に結婚準備を進めようとすると生返事しかくれなかった。

痺(しび)れを切らした私は、最近出席した友人の結婚式の話題をそれとなく出し、『私もあんなウエディングドレスを着たいな。ねえ、今度式場の見学行こうよ』と、デート帰りに最寄駅を出たところで提案したのだ。

すると琢磨が私に放ったのが、さっきの言葉だった。整った眉をひそめて、忌々しそうに彼は私を睨(にら)みつけている。心底鬱陶(うっとう)しそうな表情だった。

「……遊びだったの？　私とは」

掠(かす)れた声で、やっとのことで尋ねる。すると琢磨は小さく舌打ちした。

「あのさ。俺を悪者にしないでくれる？　普通、俺の態度でわかるでしょ。そっちも遊びのつもりだって俺は思ってたけど」

心が凍りつきそうなほどに冷淡な口調で琢磨は言い捨てた。

呆然とした私は、声を発することができない。すると琢磨は不機嫌そうなしかめ面のまま、私に背を向け歩き出してそのまま去ってしまった。

私はしばらくの間、その場で立ち尽くした。あまりにも想像と違う恋の結末に頭が追いつかない。数分前までは、結婚を夢見てわくわくしていたというのに。

今にも倒れそうな足取りでふらふらと歩み始める。その足は、自然とこの町の象徴でもある海の方へと向かっていた。


夕焼けに照らされた海面は橙色に染まり、皮肉なほどに美しかった。恋人に二股をかけられた上にお前は遊びだと告げられた私の心など、もちろんこの大海は知る由もない。

「……私がなにをしたっていうの」

波止場に立った私は思わずぼやいてしまう。どう考えても自分に非はないというのに、なぜこんなつらい目に遭わなければならないのだろう。

しかし泣きわめいたところで、琢磨が私を迎えに来てくれるわけはない。彼の心は最初から、私の方を向いてはいないのだから。

海に面した、観光業の盛んな小さな町。私はここで生まれ育った。旅行などの遠出を除くと、町からほぼ出たことがない。

だから私の傍らにはいつもこの海が存在した。

親や先生に叱られたり、友達とケンカしたりした時は、海が奏でる静かな波の音を聞けばつらさや悲しみは落ち着いた。

そして逆に嬉しいことや楽しいことがあった時は、太陽の光をキラキラと反射させる海面を眺めるとより心は躍るのだった。

そう、他の海とは違って目の前の海にはなにか不思議な力があるような気がしてならなかった。もしかしたら、なんでも願い事を叶えてくれる龍神が住んでいるという言い伝えがあるからかもしれない。

まあ龍神なんて実際にいるわけがないから、ずっとこの町に住んでいる私のただの贔屓だろう。

だけど今回ばかりは、海を前にしても私の心は少しも癒されない。

琢磨は、とても優しくてかっこいい男性だった。いわゆる陽キャな今時男子という感じで、存在自体が私には眩しかった。

今になって振り返ってみると、彼のフットワークの軽さについていけないことが多々あった。しかし浅はかな私は『私をグイグイ引っ張ってくれているんだ』としか考えなかった。

そういえば、出会いも私が働く水族館で琢磨が声をかけてきたのがきっかけだ。いわゆるナンパである。さらに彼は、約束のドタキャンや遅刻も珍しくはなかった。

思い返すと、彼に振り回されっぱなしだ。私は本当に都合のいい女だったのだろう。

「……馬鹿みたい」

先刻の琢磨の声と表情を思い返して涙ぐんでしまう。

本当に馬鹿みたい。あんな人を本気で好きになって、私は今までなにをやっていたんだろう。

涙でにじんだ海はさらに幻想的に見えた。海の中はこの地上よりもずっと美しい空間が広がっているに違いない。

海が私を導いているように感じた。気づいたら足を踏み出して、海の中へと飛び込んでいた。ゴーグルもなにもつけていないため、視界はぼやけている。

それでも、少し遠くで泳ぐ魚らしき物体が朧（おぼろ）げに見え、夕日が差し込む海中は幻想的だった。

このまま海に溶けて消えてしまいたい。海の底へと沈みながら、ぼんやりとそう考える。だけど目の前を魚が横切り、ハッと我に返った。

私が大切にしていたのは恋人だけではなかったではないか。勤務先の水族館の、魚、クラゲ、アシカ、ペンギンたち。

幼い頃に父を事故で亡くした私だったが、母はこの町の水族館に頻繁に連れていってくれた。

『こんな近くにしか連れていけなくてごめんね』と母は申し訳なさそうにしていたけれど、大きな水槽の中で涼しげに泳ぐ魚たち、ショーで元気に動くアシカやイルカたちを眺めるのは興味深くて、私は訪れるたびに胸を躍らせた。

海の生き物たちに魅了された私にとって、母と来る水族館は遊園地に行くよりも、ファミリーレストランで外食するよりも、なにより楽しいイベントだった。

そして専門学校卒業とほぼ同時に母も病気で失い、念願の水族館勤務を始めた私にはここの生き物たちは家族同然だったのだ。

私が死んでも水族館の生き物たちを世話する従業員はいる。だけど彼らにこれほど深い愛を抱いている人間は、そうそういまいと自負していた。

あの子たちを残して死ねない。死んじゃダメ！

しかし時すでに遅し。私の体はすでに海中の深いところまで沈んでしまったようで、視界はすでに闇に近かった。もがいてももがいても浮かび上がる気配はない。

苦しくなり口を開くが、酸素の代わりに海水が気管に入る。ゴボゴボと気泡が吐き出され、どんどん私の体は海に侵食されていく。

私、ここで死ぬんだ。

そう悟って意識が遠のいた――その瞬間だった。

海中に謎の閃光が走り、目がくらんだ。それとほぼ同時に、体がふわりと浮き上がる感覚を覚えた。

さらに呼吸のできない苦しみから知らず知らずのうちに解放されていたことに気づく。眩しさのせいで閉じていた瞼を恐る恐る開けた。

すると視界に飛び込んできたのは、星々を思わせるような銀髪をなびかせた美しい男性だった。

「え……」

思わず小さく声を漏らす。その銀髪の男性に抱きかかえられる形で、いつの間にか私は波止場の上にいた。

「誰ですか……？」

掠れた声で尋ねる。どうやら彼が私を助けてくれたらしい。

お礼を言わなければならない状況にもかかわらず、それよりも私は彼の正体が気になってしまった。だって、人間とは思えないほどに綺麗だったから。

いつの間にか日は落ちて辺りは暗いというのに、それをものともせずに彼の銀髪は光を放っていた。そして髪と同色の切れ長の瞳は、まるで宝石みたいにキラキラしている。

また、その瞳は色気のある薄い唇と綺麗な形の鼻梁と共に、完璧な配置で顔面を構成していた。まさに非の打ちどころのない美青年だった。

年齢は私と同じ二十代中頃だろう。神社の神職が着用しているような、青色の衣冠を身にまとっている。

「俺？　俺は蒼波。龍神やってます」

にこりと、神秘的な外見にそぐわない人懐っこい笑みを浮かべ『そこでお店やってます』くらいの軽いノリで言う。

「龍神……」

海に飛び込む前は、そんなのいるわけがないと思っていた。しかし不思議なことに、すとんと『彼——蒼波は龍神なんだ』と理解させられた。

だって、人間にしては容姿が整いすぎているし、海の底に沈んでいく私をあっさりと救えるのなんて、神様くらいだろう。

「あの……。助けてくれてありがとうございます」

ようやく私がお礼を述べると、蒼波は地面に私を下ろした。

あんなに苦しい思いをしたというのに、体にまったく影響はない。服も髪も、何事もなかったかのように乾いていた。

やっぱりこんなの、神様でもなければできっこない。

すると蒼波は興味深そうに私を眺めながら、こう言った。

「ふむ……。君は俺に捧（ささ）げられた生贄（いけにえ）なの？」

「い、生贄？」

いきなり物騒な言葉が飛び出てきて、私は驚愕（きょうがく）する。

「あれ、違った？　でも日にちが日にちだから、そうなんじゃないかって思っちゃったんだけど」

「どういう意味ですか？」

私が尋ねると、蒼波はこんな説明をした。

八月八日は古来より『龍神の日』と定められている。龍神が人間に信仰されていた時代はこの日に生贄の乙女が海に捧げられ、その見返りに龍神は人間の願いを叶えてあげていたのだ。

だが時が流れ、いつの間にか人間は龍神を信仰しなくなり、それに伴い生贄を献上する風習もなくなってしまった。

しかし折しも八月八日である今日、私が海に飛び込んできたものだから、蒼波は久しぶりに生贄が捧げられたのかと驚いたのだという。

この町にかつて生贄を捧げる風習があったなんて、一度も聞いたことがない。きっと、今暮らしている人間たちがよく知らないくらい昔の話なのだろう。

って、待てよ。生贄って普通、食べられるかなんかして死ぬ場合が多いのでは？

そして、蒼波は私を生贄なんじゃないかと考えている。

彼は龍神という偉大な存在なんだから、私が否定したところで彼が私を生贄だと見なせば、命を奪うことなどきっとたやすいだろう。

せ、せっかく助かったと思ったのに……。

「どうしたんだい？　急に青い顔をして」

不思議そうに見つめてくる蒼波だったが、私は震える唇でこう答えた。

「わ、私はあなたに食べられてしまうのですか？　生贄として……」

蒼波は目をぱちくりとさせた後、おかしそうに微笑んだ。

「ははっ、そんなことするわけないじゃないか。生贄の風習も知らなかった君が、生贄のわけはないし」

「え、でも……」

「今時生贄なんて流行らないじゃん。俺もこの風習、どうかと思うんだよね。昔の人たちは怖いよね～」

龍神らしからぬ、軽い口調で言う。本当にこの人は神様なのかなと疑ってしまいたくなるほど気さくだ。

だけどさっき海の底に沈んでいた私を彼は簡単に助けてしまったし、その神秘的な外見を今一度眺めると、やはり彼が人智を超越した存在なのだと改めて思う。

それによく見たら、頭髪の隙間から覗く耳は魚のひれのような形をしている。やはり彼は、人間ではないのだ。

「よ、よかった。……あ、でもそれなら助けてくれたお礼をさせてほしいんですけど。私になにかできることはありますか？」

　龍神に対して、ただの人間である私がしてあげられることなんてないかもしれない。

　そう思った私だったけれど、蒼波はなぜか『待ってました』とでも言わんばかりに不敵に微笑んだ。

「君の方からそう申し出てくれるのは願ったり叶ったりだね。だって俺、君にしてほしいことがあったから」

「え……？」

「俺の妻になってよ」

　一瞬蒼波の言葉の意味がわからず、私は口を開けて呆けた表情をしてしまう。しかしお構いなしに彼はこう続けた。

「龍神ってさ、生まれてからずっと家族がいないんだよね。まあ神様だから仕方ないのかもだけど。でもやっぱりそんなの寂しいじゃん？　愛する人と結婚したいなってずっと考えていたんだ」

「ちょ、え!?　私があなたと結婚っ？」

やっと我に返った私は驚きのあまり勢いよく聞き返した。

「うん。君、恋人に二股をかけられてフラれたんだろう？　相手がいなくなったのなら、ちょうどいいんじゃない？」

「え……。どうしてそれを知っているのですか？」

「君の心の声が聞こえてね。海の中でなら、人間の心の声が俺には聞こえる時があるんだよ。常にじゃなくて、強い気持ちがこもった声だけだけど」

いかにも龍神らしい蒼波の能力について感心するも、私は海に飛び込んだきっかけを作った琢磨を思い出してしまった。

彼に捨てられたばかりで、まだ私の心の傷はまったく癒えていない。さすがにもう死のうとは考えていないけれど、今は水族館の生き物たち以外どうでもいい。

蒼波が現れなければ、私は間違いなく命を落としていた。つまりこの命は、彼のものと言っても過言ではないだろう。

なぜ私なんかを妻として迎えたいのかは不明だ。でもそれで蒼波の望みを叶えられるのなら。

「……わかりました。私、あなたの妻になります」

「え!?　マジで？　やったー！」

私が意を決して申し出ると、蒼波は無邪気な子供のように破顔して喜びを露わにした。

龍神って心が純粋なんだな。ずっと海の中にいると話していたから、俗世に触れる機会がないのかもしれない。

「それなら早速俺の暮らす『龍宮城』においでよ。君もそこで暮らそう」

「龍宮城……？」

昔話でしか聞いた覚えのないお城の名前だ。まさか、実在していたとは。

「うん、ここからすぐだから。案内するよ」

夫婦になったのだから一緒に暮らすのは当たり前……だよね。

今住んでいるアパートがふと頭に思い浮かんだけれど、ひとり暮らしだから帰宅しなくても心配する人はいない。

私物は後で運べばいいし、とりあえず素直に案内されてみよう。それに龍宮城がどんなものなのか、好奇心をそそられる。

「はい、わかりました」

そう答えるなり、蒼波は私を両手でひょいと抱え上げた。俗にいう、お姫様抱っこという形で。

「きゃ……!? えっ？」

「龍宮城は海の中だから、君は自力じゃ行けないでしょ？　じゃあ、もう行くよ」

なんの前触れもない密着に狼狽する私だったけれど、蒼波は涼しい顔をしてそう答えて、なんとそのまま海へと飛び込んでしまった。

え、ええええええ!? 確かに蒼波の妻になるとは答えたけれど、いきなりこんなふうに抱きかかえられるなんて……! ってか、そもそも私は人間だから海の中に入ると息ができなくて死んでしまうんだけどっ。

蒼波に抱えられながら海の中へと沈んでいく私は、予想外の出来事に動揺することしかできない。しかし。

「あれ? 息ができてる……?」

水の中にいるというのに、呼吸が全然苦しくなっていないことにすぐに気づく。また、ゴーグルをつけていない状態での海の中は視界が悪いはずなのに、まるで地上にいる時のようにクリアな風景だった。

すでに日は落ちていたから薄暗くはあるが、赤い珊瑚が生えている海底や小さな魚たちが泳いでいる光景が鮮明に見える。

ありえない現象に私が目を瞬かせていると、蒼波が得意げにこう告げた。

「人間の体の仕組みじゃ海底で暮らすのは無理だからね。俺の神通力で、水の中でも地上と同様に体を動かせるようにしたんだ」

「すごい……!」

海の中に連れ込まれるまで、まだ一パーセントくらい蒼波が龍神であることを疑っていたけれど、こんなふうになってしまえば、もう疑念を抱く余地はなかった。

正真正銘、蒼波はこの町に伝承されている龍神様に違いない。

さらに蒼波は私を抱えたまま、泳ぐような動作はまったくせずにまるで空中を浮遊するかのごとく海の中を移動していた。その動きがますます神様めいている。

「龍神なんだからこれくらいわけないよ。あと数分で龍宮城に着くからね、碧。それと君は俺の妻なんだから、かしこまった口調はやめてくれよ」

「は、はい……じゃなかった、うん」

頷きつつも、私は『おや』と密かに思った。

私、蒼波に名前を教えていたかな？

自己紹介した覚えはなかった。しかしなにかの拍子に名乗っていたかもしれない。ましてや、相手は龍神なのだ。私の名前くらい、こちらが告げずに知ることができてもなんら不思議じゃない。

だから私は、蒼波に名前を呼ばれた件について深くは考えなかった。

「綺麗……」

思わず感嘆の声が漏れてしまう。

蒼波が先ほど言っていた通り、数分で龍宮城にたどり着いた。

龍宮城は赤い屋根の美しい和風の城で、周辺を桃色や薄紫色、水色の綺麗な珊瑚で囲まれていた。まるでお伽話を連想させる幻想的な光景だった。

そして城の周囲には、小さな民家が軒を連らね城下町を形成していた。蒼波と同様、耳がひれの形をした人たちが町中を闊歩している。

人間たちには半魚人、人魚と呼ばれているような存在だろうか。

蒼波に救われてからというもの、信じられない現象と光景ばかりだ。ひょっとしたらこれは夢なのかもしれない。すでに私は亡者となっていて、あの世の光景でも見ているのだろうか。

そんなふうに思えてしまうほど、海の中に作られた城下町は美麗で神秘的だった。

「通りすがった海の人たちはみんな青い髪だったけれど、蒼波だけ銀髪なのね」

龍宮城の入り口で私がふと気づいたことを告げると、蒼波は得意げに微笑む。

「ふふ、この銀の髪は龍神の証なんだ。海の民の青い髪もいいけど、銀の方が綺麗だろ？」

「うん。キラキラしていて素敵」

「ありがとう。でも碧の髪も綺麗だよ。昆布みたいに黒々していて」

「こ、昆布……？」

それって褒め言葉なの？　まあ昆布だしはおいしいけれど……。

なんて私が間の抜けたことを考えていると、龍宮城の立派な門が自然と開いた。その中から、ひとりの海の民が出てくる。

青髪の彼は、蒼波に負けず劣らず美青年だった。しかし蒼波がどこか中性的な外見であるのに対して、今現れた男性は眼光が鋭くきりりとしていて、男らしい。

「お帰り蒼波……って、なんで人間の女が!?　まさか生贄かっ？」

蒼波の横に佇む私を見るなり、彼は大層動揺した様子で言う。そんな彼に対し、蒼波は鼻で「ふっ」と笑った後こう答えた。

「やだなー違うよ、琉衣。今時、生贄なんてないから」

「いや、そうだけどよ……。じゃあ彼女はいったい？」

「この子――碧は俺の妻だよ」

私に関する最低限の説明をすると、蒼波は私の手を引いてすたすたと歩き出した。

なにか補足しようと思ったけれど、言葉が見つからず私は「よ、よろしくお願いします」と蚊の鳴くような声で言って、彼――琉衣さんにぺこりと頭を下げる。

龍神の妻となった人間の突然の登場に、琉衣さんはしばしの間ポカンとしていたが。

「はっ？　えっ!?　どういうことだ！」

理解が追いつかない様子で、蒼波に詰め寄る琉衣さん。

海の民って、ひょっとしたらみんな蒼波みたいに我が道を行くタイプなのかと不安に思っていたけれど、どうやら蒼波が特別マイペースらしく、琉衣さんは人間に近い感性を持っているようだ。

「どういうことって言われてもなあ。妻だとしか。まあそういうわけだから、これからは俺のように碧も丁重に扱ってね」

そう言いながら、立ち止まらずに歩いていく蒼波。

「もっと詳しく説明しろよ……」と琉衣さんはため息交じりに呟くが、これ以上追及するのは面倒になったのか、追いかけてはこなかった。

「琉衣は龍神である俺の側近でね」

「側近……」

私の日常にはまず出てこない言葉だったので、思わず復唱する。配下の存在によって、ますます蒼波が崇高な立場なのだと実感した。

「あ、でもあいつとは幼馴染で気を遣うような間柄じゃないんだ。友達みたいなものだよ」

確かに、配下というわりに琉衣さんの態度は蒼波を敬っている印象はなかった。友人や身内の突飛な行動に呆れているといった様子だった。

「だから碧も琉衣とは気軽に話していいからねー」

「う、うん」

軽い口調で告げられ、とりあえず返事をしたけれど。

気軽にって言われてもな……。海の民って、地上の人間と同じような感覚で接していいのだろうか。

そんなふうに考えていたら。

「まあなにはともあれ、早速宴の準備だ」

蒼波が笑みを深くした。

「宴？　どうして？」

「俺たちの婚礼祝いに決まってるじゃん」

首を傾げる私に蒼波はそう答えると、両手をパンパンと叩いた。

すると見たこともないような色とりどりの魚たちが五匹くらい、ふよふよと泳いで彼の周囲にやってくる。

「お呼びでしょうか、蒼波さま」

魚の一匹が人語を話す。普段の私なら驚愕の光景だろうけれど、もはやこれくらいでは驚かない。

「宴の準備を。とびきり豪勢にね」

「承知いたしました」

蒼波に命じられるなり、魚たちは素早く泳いでいってしまった。その後も廊下や部屋の中を行ったり来たりして、せわしなく動いている。直接命じられた魚たち以外の海の民も、きびきびと宴の準備を始めていた。

「急いで準備してくれているから、もうすぐ始まるはずだよ。……あ、そうだ。その間に碧には着替えてきてもらおうかな」

「着替えるってなにに？」

怪訝な顔をして尋ねると、蒼波はどこか得意げに微笑んだ。

「結婚のお祝いなんだから、ドレスアップしないと盛り上がらないだろ？」

確かにそうかもなと私が考えていたら、蒼波は再び両手を二回叩いた。すると先ほどと同じように、彼の僕らしい魚が一匹やってくる。

「彼女にとびきり綺麗な着物を。海の民らしい感じでね」と蒼波に言われた魚は、私にこう告げた。

「さあ碧さま。衣装部屋へ参りましょう。こちらでございます」

「え……あ、はい」

促されるまま、私は魚の後をついていく。海の底のことはまるでわからないので、とりあえず従っておくのが賢明だろう。

衣装部屋の中はたくさんの着物や装飾品が並ぶ空間が広がっていて、すでに海の民の女性たちが何名もいた。女性のひとりがすぐさま私に近寄ってきて、目を輝かせながら早口でこう尋ねる。

「碧さま！　どのようなご衣装をご所望ですか⁉　お好みの色などございましたらなんなりと！」

「えっと……。こちらの服についてはよくわからないので、お任せいたします。あ、色は、紫や青、緑といった寒色系が好きです」

勢いに気圧されながらもたどたどしく答えると、女性たちは私を姿見の前に立たせて早速着物やアクセサリーを合わせ始めた。

「紫のお着物の方が色合いがいいわね」

「そうね！　髪飾りは貝殻のものが碧さまには合いそうだわ」

そんな会話を楽しそうに繰り広げる海の民の女性たち。

美しい着物や装飾品が好きなのは、地上の女性と同じなのだなと微笑ましい気持ちになる。

かくいう私は、もはや着せ替え人形同然で女性たちのされるがままになっていた。

その間ぼんやりと衣装部屋の内装を眺めてみたら、壁や床に白い貝殻や珊瑚を思わせる物が埋め込まれているのが見えた。私たちの住居が地上にある物で造られているのと同様、龍宮城も海の中にある物で建築されているのだろう。

貝の中にある真珠層なのか壁や床もところどころ虹色に輝いていて、本当に神秘的な空間だった。

やっぱりここは龍神の住み処なんだと改めて実感していると、着物の着付けとヘアセットがちょうど完了した。

「綺麗……」

思わず私は呟いた。

袖のゆったりした薄紫色の着物に、細やかなラメがキラキラと輝くショール。そしてハーフアップにされた髪には、白い貝殻とたくさんの真珠があしらわれた髪飾りが挿されていた。

まるで浦島太郎に登場する乙姫様を彷彿させる自分の変身ぶりに、我ながら『美しい』と惚れ惚れした。

「本当にお綺麗ですわ！　さ、宴会場では宴の準備が整っております。蒼波さまがお待ちですわ！　共に向かいましょう」

衣装係の女性のひとりに案内されて宴会場へと赴くと、蒼波が私の方へ駆け寄ってきた。

「わー！　碧、とっても綺麗だ！　どこぞのお姫様でも現れたのかと思ったよ」

瞳を輝かせて手放しで称賛してくる。素直に嬉しかったけれど、照れくさくて私は俯いてしまう。

「そ、そう？　ありがとう……」

それでもなんとかお礼を述べると、蒼波は私の手を取った。顔を上げたら、彼は優美な笑みを私に向けていた。

なんて品のある美しい微笑みなのだろう。自然と胸が高鳴った。

蒼波に連れていかれた宴会場の上座から場内を見渡すと、目を見張るほどの豪華な料理がのった御膳がたくさん並べられていた。

御膳の上の大きな貝類や魚は、ひと目見ただけで新鮮だとわかるほど色鮮やかだ。

龍宮城中の者が集まっているのか、大勢の海の民たちがすでに御膳の前についている。

皆が皆、興味津々に私を見つめていた。

だ、大丈夫かな。もう失うものがないし、命を救ってくれた蒼波の頼みだったからふたつ返事で結婚を了承しちゃったけど。よく考えたら、私みたいなただの人間が龍神の妻になっちゃっていいのかな……。

しかし皆から聞こえてきたのは、「あれが蒼波さまの奥様か～。かわいいじゃないか」とか「いやー、めでたいな～」という好意的な声だった。龍宮城のみんなに受け入れられているようで内心ホッとする。

蒼波もそうだけど、海の民たちからは一様に楽天的なオーラがにじみ出ている。あまり細かいことを気にしない性質なのかもしれない。

「っていうわけで、俺は碧と結婚しました」

上座につくなり、蒼波が酒の注がれた盃を掲げて意気揚々と結婚報告をした。私もそれに合わせるように、おずおずと盃を持つ。

海の民たちから「おめでとうございますー！」とか「お幸せにーっ」などという祝福の声がひっきりなしに聞こえてくる。

「皆、俺と碧のことをよろしくね。乾杯！」

蒼波が乾杯の音頭を取ると、皆、盃に入っているお酒を飲み始めた。

私もお酒をひと口。濃厚な味わいで喉が驚くほどおいしい。

「さ。お酒だけじゃなく料理も食べて、碧」

「あ、ありがとう」

促されて、鯛の刺身をつまむ。ぷりぷりしているが柔らかく、あまり噛まなくても口の中で溶けていく。

海の近くに住んでいたから新鮮な魚介類を食べるのには慣れているが、地上で食べるものとは比べ物にならないくらい美味だった。

「おいしい……！」

思わず声が出る。その後に食べた貝もウニもイクラも絶品で、次々に私の史上最高を更新していく。

「ふふっ、いい食べっぷりだね」

夢中になって食べていたら、蒼波が微笑ましそうに私を眺めているのに気づき、気恥ずかしくなった。

「ごめんなさい……。どれも信じられないくらいにおいしくて」

照れながら言い訳する。そういえば昼食を琢磨と食べて以降、もう何時間も飲食していなかったことを思い出す。勢いよく料理を食してしまったのは、私の体が栄養を欲していたせいもあるだろう。

「謝ることないじゃん。龍宮城の料理を碧が気に入ってくれて俺は嬉しいよ」

ちょっとはしたなかったかなと気まずい気持ちになっていたので、蒼波が本当に嬉しそうに言ってくれて安堵した。

あれ、でもよく考えてみたら。

この御膳にのっているのは、魚、蟹、タコやイカ、貝といった海の幸ばかり。そして宴会場には蒼波や琉衣さんのような人型の海の民たちが一番多かったが、魚や蟹のような風貌の者たちもそれらに舌鼓を打っている。

同じ仲間じゃないのかな？　私、なにも考えずに食べていたけれど……。

「碧。君たちも地上にいる動物の肉を食べるだろう？」

急に箸を止めて神妙な顔になった私の心情を察したのか、蒼波がそう話し出した。

「え？　ええ、そうね」

「それと同じだよ。俺たちは生きるために、必要な分だけ海の生き物の命をもらっている」

「なるほど……！」

地上の私たちと同じように。

すとんと納得した私は、ありがたく御膳の料理をいただくことにした。

そして料理を楽しんでいる間に、宴会場の開けたスペースでは人型の海の民たちが楽器の演奏を始めた。その音楽に合わせて人魚や魚たちが踊り出す。とても華やかで楽しい光景だった。

本当に、夢みたい。

神秘的な空間で、人間ではない者たちによる宴。信じられないくらいにおいしい料理。そして、隣には絶世の美青年。さらに彼は伝説の龍神であり、私はその妻となった。

数時間前まで、地上にいた私は恋人に捨てられたことに絶望して命を失うのを厭わないほど打ちひしがれていたというのに。

実際にこれは夢なのかもしれない。どうしても現実から逃げたかった私が作り上げた願望なのかもしれない。

しかし夢ならばいつか醒めてしまう。それならば、見ているうちに楽しまなくては。

そう考えた私は料理を思う存分味わい、海の民たちによる音楽の演奏や踊りを眺め、時間を忘れて宴を楽しんだのだった。

だが、ふと宴会場の窓の外が明るくなっていることに気づく。そういえば龍宮城に来て何時間経ったのだろう。

もう朝になったのかなと考えた瞬間、私はハッとする。

今日は早番だった。これが夢じゃないとしたら、朝八時には水族館に出勤しなくてはならない。

見渡したが、宴会場に時計はないようだった。

「蒼波、今何時⁉」

「え、時間？　あまり海の民は気にしないんだよね～。のんびりしてるから」

焦る私とは対照的に、蒼波がのほほんと答える。だからここに時計が置かれていないのか……！

「えー！　困るっ。どこかに時計はないの⁉」

「午前七時三十五分だ。まったく、結婚初日から妻を困らせるんじゃねえよ」

うろたえていると、蒼波のそばに控えていた琉衣さんが答えてくれた。

彼は宴で浮かれている他の海の民と違って、終始冷静な様子で蒼波のそばに佇んでいた。きっと彼はマイペースな蒼波の手綱を握り、必要とあらば尻を叩くポジションなのだろう。

「ありがとうございます！　た、大変！　もう仕事に行かなきゃっ」

立ち上がる私だったが。

「仕事？　碧はそんなことしなくていいよ。ここでずっと楽しく暮らせばいいんだから」

ニコニコ微笑みながら蒼波がそう告げる。

もし私が生活のために仕方なく働いているとしたら、蒼波のその言葉はとても嬉しく思うだろう。だけど私は……。

「ありがとう。でも私は今の水族館で働くのが大好きなの。小さな頃からずっとやりたかった仕事だから、たとえあなたと結婚してもやめたくないの」

蒼波をじっと見つめ、真剣な顔をして私は言った。いかに私が水族館での仕事を大事にしているか、蒼波にはわかってほしかったのだ。

すると蒼波は私と視線を重ね、ゆっくりと頷いた。

「そうか。それなら俺が碧を職場まで送り届けよう」

「えっ、いいの？」

思ったよりもあっさりと理解を示してくれて、気が抜ける。

ひょっとしたら『龍神の妻たるもの、地上の仕事などしている暇はない』などと厳しい忠告をされないかと不安だったのだ。

「もちろんだよ。俺は碧の望みはなんでも叶えてあげたい。……まあでも、俺は二十四時間碧と一緒にいたかったから、ちょっと寂しいけどね」

どこか艶っぽく笑った蒼波から放たれた言葉にドキリとする。

結婚したばかりの妻と片時も離れたくない、と考えれば自然だけど、私は蒼波と出会ってまだ数時間なのだ。どうしてそこまで気に入ってくれているのだろう。

疑問だったが、もうあまり時間がないので追及している暇はない。

「蒼波、ありがとう！　助かるわ」

「うん。じゃあ早速地上へ戻ろうか。あ、その前に着替えておいで」

頷いて私は衣装部屋に戻り、もともと着ていた服に急いで着替える。そして宴会場に戻ると、蒼波が待ち構えていた。

「お待たせ……って、えっ!?」

私は虚を衝かれた。だって、宴会場にいる皆が見ている前で、にやりと微笑んだ蒼波がなにも言わずに私を抱きかかえたから。

「蒼波さま、大胆〜！」なんて囃（はや）し立てる声が聞こえてきて、思わず私は両手で顔を覆う。

そうだ……。恥ずかしいけれど、私が地上に戻るにはこうして蒼波に運ばれていくしか方法がないんだ。

そしてすぐに龍宮城を出て海を移動し、あっという間に地上へとたどり着いた。海の中にいたはずなのに、やはり服も髪もまったく濡れていない。

「送り届けてくれてありがとう！　私もう行くね！」

始業時間が迫っていた私は、早口で蒼波にそう告げて走り出す。

すると背中越しに「仕事、頑張ってね」と優しい声が聞こえてきたので、振り返って彼に手を振り、全速力で水族館へと向かった。

「はあ……」

仕事を開始してからしばらくした頃、思わずため息が漏れてしまった。思えば一睡もしていないので、だるいし眠い。

そんな中、熱帯魚の水槽のチェックを私は行っていた。私の体調なんて魚たちには関係ないから、もちろん仕事はきちんとこなす。

そして、ひと通りチェックが終わってひと息ついた時、昨晩から今朝にかけての出来事が自然と蘇った。

海に身投げしたら龍神が現れて、求婚されて妻となり、龍宮城で宴をしてひと晩過ごした。

こう思い返してみると、あまりにも非現実的だ。やっぱり夢だったのではないか。

しかしそれにしてはすべての光景が鮮明すぎる。それに夢だったとしたら、この体が寝不足で疲労困憊していることへの説明がつかない。

「碧、なんかだるそうじゃん。どうしたの？」

背後から声をかけられて、私は振り返る。

同期で友人の那美だった。明るくサバサバしている那美はとても気のいい性格で、なんでも話せる仲だ。だが、しかし。

「あー……。ちょっといろいろあって眠れなくて」

さすがの那美にも龍神やら龍宮城の件は言えず、私は言葉を濁す。話したとして、信じてもらうのは難しいだろう。

「えー？　もうすぐ琢磨くんと結婚するってのになんの悩みがあるのさ？　あ、まさかマリッジブルーってやつー？」

にやついて私の肩を軽く小突きながら、那美がからかってきた。

そっか。まだ那美は私が琢磨に遊ばれてたって知らないんだった……。

龍神云々はともかく、その話はしなければなるまい。

「実は……」

私が琢磨に二股をかけられていたこと、彼に本命の彼女がいたことを那美に説明すると。

「は!? なにそれひどすぎるっ。今からぶん殴りに行ってくるわ! 琢磨の奴、どこにいやがるのっ?」

眉を吊り上げ憤怒の形相になり、勢いよく那美がまくしたてた。本当に今にも殴り込みに行きそうなほど鼻息が荒い。

那美が琢磨に対して本気で怒りを覚えてくれたのは素直に嬉しいけれど。

「いいよ、那美。そんなことしなくて。逆に結婚する前に琢磨の本性がわかってよかったかなって感じ」

苦笑いを浮かべて私がそう告げると、那美は怒りの表情を緩め、今度は私を心配そうに見つめてきた。

「それはそうかもだけどさ……。でも腹立つよ、二股なんて」

「まあ……」

「あれ? なんだか琢磨にひどいことされたばっかりだっていうのに、碧あんまり落ち込んでないね?」

それは、琢磨の仕打ちなんてちっぽけなことだと思えるほどの超常現象を連続で目の当たりにしたからだろう。

さらに言えば、別の相手と婚約をすっ飛ばして結婚までしてしまっている。

「あ、えーと……」

やっぱり那美に話すべきだろうか？　いやでも、このタイミングで打ち明けたら失恋のショックで頭の病気にでもなったんじゃないかって疑われそうな気がする。

それなら、龍神や龍宮城の件は隠して、鮮烈な出会いをした男性と勢いで籍を入れてしまった、みたいな感じで話せばいいかもしれない。

那美の前でしどろもどろになりながら、そんなふうに考えていると。

「碧」

不意に名を呼ばれた。透き通った美しい男性の声だった。声だけでその人物が神秘的な存在だと信じ込んでしまえるほどの。

「あ、蒼波!?」

水族館の隅で会話していた私と那美の傍らに、いつの間にか蒼波が立っていた。

神々しささえ感じられる銀髪はそのままだったが、海の民の特徴であるひれのような形の耳は、私たち人間と同じ形状になっている。

どうやら不自然に思われないように人間に化けているらしい。しかし紺の浴衣姿ではあるけれど、その派手な顔と髪色のせいでとても目立っていた。

平日の昼間だから水族館はすいているものの、同じ空間にいたお客さんは皆ちらちらと蒼波を見ている。「あの人、キラキラでかっこいいー」なんていう小さな女の子の声も聞えてきた。

それよりも、まさか水族館にやってくるなんて。まったく予想していなかった私は驚愕し、口をパクパクとさせる。

「か、神がかり的なイケメン……。外国人かな？」

私の隣で、呆気に取られたような面持ちで那美が呟いた。

蒼波はニコリと私に向かって微笑むと、口を開く。

「心配で様子を見に来ちゃったよ。寝てないのに仕事は大丈夫？」

「う、うん。平気」

まだ心は落ち着いていないけれど、私はなんとか答える。

「そっか。仕事が終わるのは夕方？ 迎えに来るからね」

キラッという効果音が聞こえた気がするほど眩しい微笑みを浮かべて蒼波が言った。

「あ……。ありがとう」

龍神というよりは、まるで王子様みたいだ。

「こ、このお方、碧の知り合いなんだ!? 仲良さそうだけど、どちらさまなのっ？」

私たちの会話を聞いていた那美が、興奮した様子で尋ねてきた。

るとなにから説明すればよいのやら。頭の整理がつかない私が口をもごもごとさせてい

「あー、えーっと……」

「碧のお友達だね。俺は碧の夫の蒼波。碧をよろしくね」

相変わらず微笑んでいる蒼波が、はっきりと、淀みなくそう言った。

「お、夫ぉ⁉」

驚きのあまり声を張り上げる那美。近くを通ったお客さんが驚いた様子で那美を一瞥した。

「な、那美。声が大きいって」

「ごめん！　だってびっくりしちゃって……！　碧、琢磨くんと別れたばかりじゃ⁉」

「うん。そうなんだけど……」

それなのにもう新しい人と結婚してるって、訳がわからないよね。大丈夫、私だって自分の状況が信じられないから。

「はは。それで落ち込んでいたところを、ずっと碧を好きだった俺がつけいったってわけ」

あわあわする女子ふたりに、のほほんとした声で蒼波が告げた。

ずっと私を好きだった、って……。昨日会ったばかりなのに、うまいこと言うなあ。

しかしそれならば、スピード婚でもそこまで不自然には感じられないかもしれない。

蒼波の思いつきに私は感心する。

「マジ!? じゃあ昔から自分を好きだった蒼波くんに愛される道を、碧は選んだってことっ? もう、琢磨の話なんかよりも先に蒼波くんについて説明してよー！」

バシバシと私の肩を叩く那美は、興奮しながらも嬉しそうだ。

「ごめん那美。私にとっても怒濤の展開だったから、うまく説明できなくてさ」

「そっか。でも琢磨なんかとは比べ物にならないくらい蒼波くんかっこいいじゃない！ おめでと！ ふたりでお幸せにねっ」

「あ、ありがと」

那美に祝福されて、本当に蒼波が自分の夫になったんだなと少し実感した。それでも、彼が龍宮城に暮らす龍神だということを思い出すと、まだ夢見心地だが。

「俺たちを祝ってくれてありがとう、那美さん。あ、まだ仕事中みたいだから俺はそろそろ行くね」

うん、と答えようとした私だったけれど。

蒼波が顔を近づけてきたかと思ったら、なんと私の頬にいきなり口づけをしてきたのだ。

「え、な、な、な……？」

驚愕のあまり硬直した私は、変な声を発することしかできない。

「ひゅー！　蒼波くんやるぅ！　やっぱり外国人は愛情表現がストレートねっ」

突然のキスを目の当たりにした那美は楽しそうにはしゃいでいる。

「あれ、碧どうしたの？」

固まって石のようになっている私の顔を蒼波が覗き込んできた。

「な、なななななんでいきなり、キ、キスなんて」

「？　だって俺たち夫婦だし」

さも不思議そうに蒼波は首を傾げる。

ダメだ。やっぱり彼は龍神様なんだ。日本の人間の常識はまったく知らないんだ。

「そ、そうだけどっ……。こんな公衆の面前では、その……あまりそういうことはしないものなのよ」

やっとの思いで蒼波を諭したが。

「そうなの？　でもそんなの俺、ずっと海の底で暮らしているからわかんないよ」

蒼波はあまり理解していないようで、不満そうですらある。

「海の底……？」

人間の住居としてはあり得ないワードが飛び出してきたからか、今度は那美が首をひねっている。

まずい、と慌てて口を開いた。

「海の底、じゃなくてそういう発音の海外の地名なの！　日本語だとそういうふうに聞こえちゃうよねっ。そして蒼波！　と、とにかくああいう振る舞いはほどほどにねっ。お願いだから！」

下手くそすぎる言い訳を那美に言った後、蒼波にスキンシップを控えるよう懇願する。

「えー……。俺は我慢したくないなあ」

蒼波が不機嫌そうに呟く。

ひょっとすると、龍神は我慢なんてした経験がないのかもしれない。だけどそんなの私が困る。

「頼むから、我慢してください……」

「碧がそんなにお願いするなら善処するよ。まあでも、したくなったらしちゃうけどね。じゃあ、後でね」

悪戯っぽく笑うと、蒼波は私たちの元から去っていった。

やっぱり人間とは少し違う感覚なんだろうな。善処するとは言ってくれたけど、欲求を抑える気はないみたいだし。いったいこの先どうなることやら。

「外国人は情熱的だね～」

遠ざかっていく蒼波の背中をうっとりとした様子で眺めながら那美は呟いた。

那美は蒼波が日本人ではないと信じ込んでいるようだった。おかげで、人前でキスをしてくることを不自然には感じていないらしい。

さらに『海の底で暮らしている』という蒼波の発言についても、私の下手な言い訳で納得してくれたのか、追及されず私は安堵した。


夕方、私が勤務を終えて水族館を出ると、約束通り蒼波は迎えに来ていた。一緒に退勤した那美は、にやついて私たちを交互に眺めると……。

「新婚ホヤホヤって感じでいいねぇ～。じゃあ邪魔者は消えますので！　碧ー、蒼波くんー、またね～！」

私に口を挟む隙すら与えず、からかって去っていった。

「もう那美ってば……。ご、ごめん蒼波」

蒼波が気を悪くしていないか気になって尋ねる。しかし彼はのほほんと穏やかに笑みをたたえていた。

「なにが？　明るくていい友達だね。じゃ、行こうか」

なにも気にする様子はなく、彼は私を抱えた。水族館は海に面した土地に建てられているので、今すぐにでも水中にダイブするつもりらしい。

四回目だから私も少しは慣れ……いや、まったく慣れない。一応少し前まで恋人だと思い込んでいた存在はいたけれど、こんなふうに優しくお姫様抱っこをされた経験なんてなかった。

それに、抱かれたら至近距離で蒼波の整った顔を拝む体勢になる。

神秘的であまりにも美しいその顔を見ると、心臓を誰かに握りしめられているんじゃないかと思うほど鼓動が早くなる。

ふたりで海の中に飛び込み、少しの間私を連れた蒼波が海中を浮遊するように移動して、龍宮城へと到着した。

今日も城中のみんなが私を歓迎してくれる。そして、昨日も結婚祝いの宴が催されたというのに、結婚二日目のお祝いの宴が開かれた。

「お前たち、ただ飲みたいだけなんじゃないのか？」

「えへへ、バレました？　でもおふたりをお祝いしたい気持ちはちゃんとありますよ！」

蒼波が海の民のひとりに尋ねたら、苦笑を浮かべながらそう答える。

海の民はとにかく楽しいことが大好きで、ほぼ毎晩こうして宴会が繰り広げられているんだとか。

しかし結婚当日よりはさすがに規模は小さく、早めのお開きとなった。

片付けを手伝おうと御膳を運ぼうとしたら、「蒼波さまの奥さまにそんなことさせられません～！」と断られてしまった。

まあ、確かに海の民にとって龍神は偉い存在なわけで、その妻もきっと同じような立ち位置に違いない。食事の後片付けなどという雑務をしては示しがつかないのだろう。

でも、そんなふうに敬われる立場になった気がまだしない私は妙に落ち着かないし、なんだか申し訳ない気持ちになってしまう。

宴会の片付けに勤しむ海の民たちを眺めながら手持ち無沙汰になっていると。

「碧。お風呂が沸いているよ。入ってきたら？」

私のそんな心情を察したかどうか定かではないけれど、蒼波にそう言われた。

そうだ、お風呂！　そういえば昨日も入っていないことを今になって思い出す。

「うん。ありがたくいただくわ」

「浴室は宴会場を出て右だよ。浴衣やタオルなんかは用意してあるからね」

「ありがとう」

蒼波の言葉に従って浴室に向かい、私は早速入浴を始めた。

浴槽は白い貝殻でできていて、これも龍宮城の壁や床と同じように真珠層が露出しているらしく、光の加減によって虹色に見えた。

まさか、お風呂すら神秘的だとは。細部まで徹底的にお伽話のような空間なのだなと感心する。

湯加減もちょうどいいな……と感じた時、そういえばここは海の中なのに湯の張られた浴槽はどういう仕組みなのだろう？と疑問が湧いた。

しかし、すでに風呂のシステムなど些細(ささい)な事柄に思えるほど不思議なことだらけなので、深く考えるのはやめた。

用意されていた、貝殻が描かれたかわいらしい紫の浴衣をまとって浴室を出ると、蒼波が廊下で待っていた。

「たくさん食べてお風呂も入って、もう碧、眠いんじゃない？」

「うーん、そうね……」

確かに全身がほどよい疲労感を覚えていた。今布団に潜り込めば、きっと朝までぐっすりと眠れるだろう。

「じゃあもう寝ようか。寝所(しんじょ)はこっちだよ」

「あ……」

蒼波に手を握られ、軽く引っ張られながら寝所へと案内された。

だが寝所の中を見て私は思わず絶句する。

畳敷きの広い寝所の中心には、大きな布団が一組しか敷かれていないのだ。しかし、枕はふたつ置かれている。

「？　どうしたの、呆然として」

「え……!?　だ、だってまだそういう、あ、あの。こ、心の準備が……！」

たどたどしくしかしゃべれず、うまく言葉が出てこない。

しかし蒼波は私の言わんとしていることを理解したようで、「ふっ」とどこか余裕ある笑みを浮かべると。

「どうして？　俺たち、夫婦なのに」

私の顎に手をかけて上を向かせ、色気のある声で囁いた。

体の奥底から熱が沸き起こる。お風呂に入っている時よりも熱くて火照りそうになった。

「でででても、私たちまだ出会って二日目だよっ!?」

顔を真っ赤にしながら必死になって私が主張するも。

「愛に時間は関係なくない？」

蒼波には相変わらず艶っぽく答えられてしまった。

なんとなく、今までこういうことはあまり考えていなかった。

龍神と人間という種族の違いもあるからか、人間の男性と行うような営みを蒼波といたすシーンを思い浮かべられなかったのだ。

言葉が返せなくてまごついていると。

「あははは、わかったわかった。意地悪してごめんね。照れる碧があまりにもかわいくてさ」

ポンポンと優しく私の頭を叩いて、蒼波が明るい声音で言った。さっきの妖しい雰囲気はいっさいなくなっていて、私は心から安堵する。

「も、もう。あんまりからかわないでよ……！」

「だからごめんて。碧が心の準備ができていないうちはなにもしないよ。こういうのはひとりで盛り上がっても意味がないしね」

「あ……。ありがとう」

「でも、寝所は一緒じゃダメかな？　布団は分けてもらうからさ。昼間一緒にいられなかった分、夜は一緒にいたいんだよ」

相変わらず微笑んではいるものの、どこか蒼波の表情は少し寂しげに見えた。

「わかった。それはいいよ」

「よかった！　じゃあ布団を敷き直してもらうよう、寝所係に言ってくるね」

私が了承すると、嬉しそうにそう答えて蒼波は行ってしまった。

どうしてそんなに私と共に過ごしたいのだろう。昼間だって、確かにあまり一緒にはいられなかったけれど、水族館で少し会えたのに。

なぜ出会って二日目の私をそんなに愛おしむの？　まだ私は、あなたへの気持ちがよくわからない段階だというのに。

「碧」

そんなふうに寝所の前の廊下でひとり考えていたら、琉衣さんがどこか心配そうな面持ちで話しかけてきた。

「あ……琉衣さん」

「あいつ……蒼波のことだけど。あんたにグイグイいってごめんな。海の民はマイペースだからさ。人間の感覚だとついていけないだろ」

海の民の中では極めて冷静な琉衣さんは、私の気持ちを案じてくれていたらしい。

その優しさを嬉しく思いつつも、私は首を横に振る。

「ううん、平気です。嫌ではないので。確かに、ちょっとびっくりすることも多いけれど。あの、心配してくれてありがとうございます」

私が笑みを浮かべて答えると、琉衣さんは安心したようで頬を緩ませた。

「そうか、ありがとよ。あんたができる範囲で構わないから、あいつの望み通りにしてくれると嬉しいよ」

「はい」

蒼波の側近として自然な言葉だったので、私は反射的にそう返事をした。

しかし、琉衣さんの表情がなぜかとても切なそうだったので違和感を覚える。

主に伴侶ができたばかりだというのに、なぜそんな寂寥感に満ちた面持ちをしているのだろう。

疑問に思ったけれど、琉衣さんになにか尋ねる前に蒼波が寝所係らしい海の民を連れて戻ってきた。同時に、琉衣さんが私の前から去る。

その後、寝所係に布団をひと組からふた組に直してもらい、蒼波と床に就いた。

蒼波は宣言通り、私になにもしなかった。まったくそういう雰囲気すら醸し出さなかった気がする。

そして私の仕事のことや龍宮城のことを彼と楽しく話しているうちに、私はいつの間にか眠ってしまっていた。


「はい碧。これおいしいよ」

蒼波が笑顔で、ピックに刺さったお弁当のおかずを私に差し出してくる。これは仲のいい男女がよく行う、俗にいう『あ〜ん』という儀式だ。

水族館内の、利用者も従業員も使用できる休憩所のテーブルの上には、三段重の豪華な海鮮弁当が広げられている。料理担当である海の民のお手製だろう。

蒼波と婚姻関係を結び、早二週間。

昼間はいつも通り水族館に勤務し、夜は龍宮城で過ごす日々が続いている。仕事が休みの日は、一日中龍宮城で蒼波とのんびりすることもあった。

私が出勤の日、蒼波は毎日のように水族館を訪れた。すでに従業員の中で彼を知らぬ者はいない。

普通、仕事中に業務とは無関係である恋人が訪ねてくるのはあまり印象がよくないだろう。しかし蒼波は私の仕事の邪魔はいっさいしないし、絡んでくるのは休憩時間だけだ。他の時間は、館内の水槽を眺めて回ったり、ショーを観覧したりしているらしい。

また、蒼波がいつも穏やかに笑っているのと誰もが目を見張るほどの美しい容姿をしているのもあって、彼に悪い印象を抱いている従業員はいないようだった。

私にまとわりついているのも、『外国の男性は愛情表現がはっきりしているものね』と、皆不快に感じないらしい。まあ、一度『蒼波くんっていつも昼間いるけど、無職なの？』って心配そうに那美には質問されたけれど。

『に、日本に来たばっかりで求職中なの』と、適当に言い訳しておいた。

今日もいつものように蒼波は水族館を訪れていた。昼休みに、休憩所で一緒にお弁当を食べるのはすでに日課になりつつあるけれど……。

「じ、自分で食べられるから」

さすがに『あーん』をされて食べるのは恥ずかしい。周囲のテーブルでは、他の従業員やお客さんも、持ってきたお弁当や売店で購入したフードを食しているのだから。

「そんなことは知ってるよ。でもこうした方が楽しいじゃん」

蒼波は照れる私の反応を楽しんでいるかのように、少し意地悪く微笑む。

「た、楽しいというよりはドキドキの方が大きいのですが……」

「そうなの？　碧は初心でかわいいなあ」

今みたいに、なにかの拍子に蒼波は『かわいいかわいい』と私を愛でてくる。

こんなふうに男性にかわいがられた経験のない私は、そのたびにうろたえてしまうのだった。

蒼波は満足そうな顔をした後、私に差し出していたおかずを自分で食べた。

少し強引なところもあるけれど、私が戸惑っていると決して無理強いはしてこない。やたらと私と同じ空間にいたがったり、触れ合いを求めてきたりするのは、これまで蒼波にとってそういう相手がいなかったせいなのだろうか。

出会った時、彼は『ずっと家族がいなかった』と私に話していた。また、琉衣さんに後から聞いた話だけれど、龍神は海の泡の中から誕生し、海の中で従者に囲まれて一生を過ごすのだそうだ。

彼を慕う海の民がたくさんいるのを私も目にしている。しかし彼らがいくら蒼波に親愛の情を抱いていたとしても、その愛は家族に向けられるものとは異なるのだろう。

ずっと寂しかったのかなと、私の眼前で幸せそうな微笑を浮かべる蒼波を見るたびに考えてしまう。同時に、きっと妻になるのが私ではなくてもよかったのだろうな、とも。

八月八日のあの日、たまたま海に飛び込んだのが私だっただけ。

まっすぐに好意を示し、いつもお姫様のような扱いをしてくれる蒼波に、私は正直惹かれ始めていた。だからそんな考えが頭に浮かぶたびに、一抹の寂しさを覚えてしまう。

「……！」

ふたりでお弁当をあらかた食べ終えた時だった。急に蒼波が険しい面持ちになったかと思ったら、勢いよく立ち上がった。

「あ、蒼波？」

突然の行動に驚く私が尋ねるも、彼は答えず耳に手を当てている。なにかの音を必死で聞き取ろうとしているような仕草に見えた。

「……あっちか」

そんな独り言を呟いて、蒼波は走り出した。

私が慌てて追いかけると、彼はタツノオトシゴが飼育されている水槽の前で立ち止まっていた。

「どうしたの？」

「碧。この子、暑がっている。水温は大丈夫かな」

真剣な目つきで水槽の中を見つめながら、蒼波が言った。

「え……」

朝、巡回点検をした時はなにも異常がなかった。だからタツノオトシゴが活動するのに適している水温になっているはず。

そう答えようとした私だったけれど、蒼波の言葉を今一度胸の中で復唱して、ハッとする。

蒼波は『この子、暑がっている』と断言したのだ。『かもしれない』とか『みたいだ』という推測ではない。

海の中のスペシャリストである龍神が、きっぱりとそうおっしゃったのだ。つまり、今水槽内のタツノオトシゴが暑がっているのはまず間違いないのである。

「すぐに確認してくる！」

蒼波にそう告げると、私は急いでバックヤードに回って水槽の温度を調べた。

結果、なぜかタツノオトシゴの水槽のポンプだけうまく動いておらず、水温が適した温度になっていなかった。

「ありがとう、蒼波。長時間あのままだったら、この子たちを死なせてしまうところだったかもしれない」

幸い機械の故障ではなかったのですぐに復旧はできた。私は、タツノオトシゴの水槽の前で佇む蒼波に心からの礼を述べる。

「碧がすぐに対処してくれてよかったよ。こちらこそ、信じてくれてありがとう」

穏やかな笑みをたたえて水槽を眺めている蒼波。

彼の表情から現在はタツノオトシゴたちが快適に過ごしているのが見て取れ、私はホッとした。

「うん……。あの、龍神はしゃべらない海の生き物の気持ちもわかるの？」

「え？」

「だってあの時、私とのんびりお弁当を食べていたら急にタツノオトシゴの水槽の方に走り出したじゃない？　龍神には、海の生き物たちの声に出せない気持ちを聞く力でもあるのかなあって」

ただの人間である私は、タツノオトシゴの水槽で異常が起こっているなんてもちろん気づいていなかった。

龍神の力で蒼波が察したんだとはわかるけれど、どんなふうに気づいたのかが気になったのだ。

「うん、その通りだよ。俺は物言わぬ海の民の声も聞けるんだ。といっても、いつも聞けるわけじゃないけどね。今のように苦しがっている時とか、なにかに助けを求めている時とかに救難信号を察知する……みたいな感じ」

なにかに助けを求めている時、か。

蒼波の言葉を聞いた瞬間、ふと遠い過去の記憶が自然と蘇った。

小学校高学年の頃だったと思う。クラスでタツノオトシゴを水槽で飼育することになった。

物珍しかったのか、クラスメイトたちはこぞって飼育係を希望したが、それも最初の数週間だけだった。

徐々にタツノオトシゴが教室に存在するのが当たり前の光景になり、当番になった者が渋々世話をするようになった。

そして義務となった世話も時々忘れられるようになり、見かねた私が飼育係を買って出て、毎日タツノオトシゴの面倒をみることになった。

当時から海の生き物が大好きだった私は、タツノオトシゴがかわいくてかわいくて仕方がなかった。餌やりはもちろん、クラスメイトたちが面倒だと言っていた水替えも、嬉々として行った。

しかし、ある日の放課後、誰もいない教室で私が餌やりをしていた時だった。

『海に帰りたい……』

信じられないことに、タツノオトシゴからそんな声が聞こえてきたのだ。

タツノオトシゴが人語を話すわけはないのに、あまりにもはっきりとした声だったため、どうしても聞き間違いだと安易に片づけられなかった。

「海に帰りたいの？」

そう尋ねるも、答えはなかった。

しかし、ふよふよと水槽の中を浮遊するタツノオトシゴはなんだかとても寂しそうに見えた。

結果、私はクラスメイトにも先生にも内緒で、タツノオトシゴを海へと逃がした。

みんなになんて言い訳したかは覚えていない。水を替えた時に間違えて流してしまったとか、放課後に様子を見たら死んでしまっていたから埋めたとか、嘘を並べたのだと思う。

しかし特に咎められた記憶もない。クラスメイトたちはすでにタツノオトシゴに対して興味を失っていたため、私を責める者はいなかったのだろう。

たまにその時の出来事を思い出しては、『タツノオトシゴの声なんて聞こえるわけないのに、あの時の私はなにを聞いたんだろう。勝手なことしちゃったなあ』と苦笑いを浮かべる、そんな淡い記憶だった。

「……だけど、龍宮城のみんなや龍神である蒼波が存在するのなら、本当にあのタツノオトシゴは私にそう語りかけてくれたのかもしれないね。『海に帰りたい』って」

水槽の中に佇むタツノオトシゴを眺めながら、しみじみと私は当時の思い出を蒼波に語った。

彼は頷いたり相槌を打ったりして、私の話をじっくりと聞いてくれた。そして優美な微笑みを浮かべると、私をまっすぐ見つめて口を開く。

「うん。きっとそうだと思うよ」

「え？」

「そのタツノオトシゴは、海に帰りたかったに違いないよ。海の民に代わって、俺に礼を言わせてくれ。ありがとうね、碧」

蒼波の言葉を聞いた瞬間、胸のつかえがすとんと落ちたような感覚に陥った。

最近ではあまり思い出す機会もなかった記憶だったけれど、きっと心のどこかでずっと私は気にしていたのだろう。

あの時、本当にタツノオトシゴの声が聞こえたのかな。もし勘違いだとしたら、私は彼に悪いことをしてしまったんじゃないかなって。

でも、あの時の私はきっとタツノオトシゴを助けたのだ。そうに違いない。

だって、龍神がそう言っているのだから。

嬉しくなった私は、蒼波に微笑み返した。


タツノオトシゴ騒動から一週間くらい経った日。私が水槽の表面を磨く作業をしながら館内を回っていた時だった。

角で鉢合わせになる形で、本命の彼女を連れている琢磨に遭遇してしまった。

まさか来ているなんて思っていなかった私は、一瞬立ちすくむ。

しかし『もう終わったことだ』と自分に言い聞かせて、何事もなかったかのように素通りして清掃を再開した。

向こうも私を見て驚愕したような面持ちになった。私がここで働いているって何度も話したし、私たちが出会った場所ですらあるのに、なにをそんなに驚いているのか。きっと私の話なんてちゃんと聞いておらず、覚えていなかったのだろうけれど。

彼女は今風のファッションに身を包んだ、派手な美人だった。私とはまるでタイプが違う。どう見ても、やんちゃな琢磨には彼女の方がお似合いだ。

このままお互いに見なかったことにして、この気まずい遭遇はなかったことに……と考えていた私だったけれど。

「前にちょっと遊びで付き合った子が俺に本気になっちゃってさ。地味な子だったんだけど」

なんと琢磨は、水槽を布巾で拭く私の傍らにやってきて、どこか意地悪く、そして周囲によく通る大きな声で彼女にそんな話を始めたのだ。

思わず私は手を止める。

「その場のノリで冗談で『結婚しよう』って言ったんだけど、その子マジになりやがってさ～」

「え……？」

薄ら笑いを浮かべながら話す琢磨だったが、彼女の方は頬を引きつらせた。

「真面目でお堅い子は面倒だよなあ。こっちが遊びか本気かくらい、空気読んでわかってくれよ。フッたらマジでショックを受けててさ」

「え、あんたさあ。それちょっとひどくない？」

彼女は引いたような顔をしている。どうやら彼女の神経はまともなようだ。

——あーあ。なんでこんな男を好きだったんだろう、私。

琢磨のあまりのクズさ加減に、それを見抜けなかった自分が馬鹿だったんだなあと、もはや笑い話にできそうな気さえしてきた。

それまでまともな恋愛経験がなかったから、浮かれてしまったんだろうな。

「あいつ、今も俺を思ってさめざめしてんのかな。想像するとおかしくて」

笑いをこらえるような声で琢磨が言った。

私をあざ笑うのに快感を覚えているせいか、彼女が鼻白んでいるのには気づいていないようだった。

いや、もうあなたなんてどうでもいいんだけど。

そう伝えようとも思ったが、琢磨と言葉を交わすのすら嫌で、私は声を出さずに次のフロアの水槽を磨きに行こうとした。すると。

「うっ……！」

琢磨の低い呻き声が聞こえてきたので、何事かと見てみたら。

「あ、蒼波……!?」

なんと蒼波が琢磨の頭を手のひらでがしりと掴んでいたのだ。

今日も蒼波は館内をぶらぶらしていると私に宣言していたが、さっきまで姿はなかったので違うフロアにいたはず。いつの間にここに現れたのだろう。

「へえ、なるほど。お前が碧を捨てた男か」

「いたたたた……！　なんだお前っ。は、放せ！」

頭を掴んでいる蒼波の手に力がこもっているのか、琢磨が苦痛に顔を歪めながら訴える。

琢磨の彼女に蒼波を止めようとする素振りはなく、ただ蒼波をポーッとした表情で見つめていた。彼の人間離れした美しさに目を奪われているようだった。

「だ、だからなんなんだよお前は！　放せってば！　い、痛いっ」

「俺？　俺は碧の夫だけど」

平然と蒼波は答えた。痛がる琢磨だったが、蒼波は彼を解放するどころかさらに手のひらに力を込めたように見える。

すると蒼波の回答を聞いた琢磨はギロリと私を睨みつけた。

「夫って……。は!?　俺が碧をフッてまだ三週間だぞ！　それなのにもう結婚してんのかよっ。碧！　お前も俺に二股かけてたんじゃねーのかっ!?」

なぜか怒気をはらんだ口調で私に尋ねる。

どの口が言っているのだろう。仮に私が蒼波と琢磨に二股をかけていたところで、琢磨も私と彼女にそうしていたのだからイーブンであるはず。怒鳴られる筋合いはない。

そういう感情になるのは、琢磨が私を下に見ていたからだろう。自分は私をひどく扱っても構わないが、私は自分に対して一途でいないといけない。

でなければ彼の気が済まないのだ。馬鹿馬鹿しい。

「はあっ？　三週間ってっ。じゃああんたも私とその子に二股かけてたってことじゃないの！」

怒りのあまり口を滑らせた琢磨だったが、事実を知り本命の彼女も憤り始めた。

琢磨に対してすでに一ミリの想いも抱いていない私は、目の前の光景がドタバタした茶番劇にしか見えなくて白けた表情で静観していた。しかし。

「……おい。小汚いその口で碧の名を呼ぶな。碧が穢れる」

それはとてつもなく冷淡で、殺気に満ちた声だった。いつも穏やかな口調で話す蒼波から発せられた声だとはにわかには信じられなかった。

まさか、琢磨を殺そうとしてるんじゃ……？

「ぐっ……うっ……！」

さらに蒼波が手のひらに力を込めたのだろう。琢磨はとうとう呻き声しか出さなくなった。

琢磨の頭を掴む蒼波の指は、まるで頭皮にめり込んでいるようにすら見える。

「俺の碧を傷つけやがって。ただじゃおかないからな。……さてどうする？　このまま海の底に沈むか？　それとも生きたままサメに食われるか？　好きな方を選んでいいぞ」

薄ら笑いを浮かべて蒼波が琢磨に問う。冷酷な光を宿した瞳は、直接向けられていない私ですら背筋がぞくりとするほど恐ろしかった。

二択を迫られた琢磨だったが、すでに意識が朦朧としているのか答えられないようだった。

彼女は『もしかして琢磨、結構やばい状態?』と気づいたのか、動揺の色を顔に浮かべ始めた。

ま、まずい。このままじゃ琢磨が本当に殺されてしまう!

「あ、蒼波! いいよそんなことしなくてっ。もう琢磨を放してあげて!」

暴走した蒼波を止められるのは私しかいない。思い立った私が、そう訴えるも。

「嫌だ。こいつは碧を悲しませた。碧を裏切った。そんなひどい奴、海の藻屑(もくず)になるのが妥当だろ?」

私のお願いよりも琢磨への憎しみの方が勝ったらしく、蒼波は琢磨を解放しない。

きっとそれは蒼波が私を大切に想ってくれているから……というのはわかるのだけれど。

「本当にいいってば! こんな奴でも死んじゃったら寝覚めが悪くなっちゃうからっ。もう私はこんな奴なんてどうだっていいし、気にもしてない! だってこの人のおかげで蒼波に会えたんだしっ。私には蒼波がいるんだから、この人がどこでなにをしていようとどうだっていいの!」

さすがに死なれるのは後味が悪い。それに蒼波が犯罪者になってしまう……って、龍神に対して地上の法律が適用できるのかは不明だけれど。

私の言葉は蒼波の胸に響いたらしく、彼はやっと琢磨を解放した。

ようやく痛みから逃れられた琢磨だったが、しゃがみ込んで頭を抱えている。相当な激痛だったのだろう。

蒼波にぶつけた言葉は、紛れもなく本心だった。琢磨なんて、心底もうどうでもいい。私には、私をまっすぐに愛してくれる蒼波がいるのだから。

「こいつがあなたにひどいことをしたみたいでごめんなさい。私も知らなくて……」

琢磨の彼女は私に向かってぺこりと頭を下げた。

私は慌てて首を横に振る。

「いいえ、あなたが謝る必要はないです」

「結婚する前にこいつの本性が知れてよかった。ありがとう」

どこか潔い笑みを浮かべて今度は礼を述べると、私たちに背を向けて彼女は歩き出した。ヒール音を鳴らしながら颯爽と去る彼女に琢磨が慌てて追いすがるが、蹴りを入れられていた。

「碧。本当によかったの？　仕返ししないで」

去っていく琢磨を睨みつけながら蒼波が尋ねる。

「いいよ。私はあんな人なんて忘れて、蒼波とこれからも楽しく過ごすの」

満面の笑みを浮かべて私が答えると、蒼波は破顔した。やっと彼から殺気が消滅し、私は安堵する。

「まあ、碧がそう言うのならもういいけどさ。あー、でもやっぱりちょっとむかつくから、あいつに呪いをかけちゃったんだよね」

蒼波はお茶目な口調だったが、『呪い』という物騒な響きに私は慌てる。

「えっ……。の、呪いってどんな？」

「えーとね。これからひと月の間、海に沈んで溺れ死ぬかサメに食われて死ぬか……」

「ええ!?」

「っていう悪夢を寝るたびに絶対に見ちゃう呪い。はは、あいつ睡眠不足になるだろうな。ざまあ〜」

意地悪く蒼波が笑う。

話の途中まで『ま、まさか死ぬ呪い!?』と不安になっていた私だったけれど、そういう悪夢を見る呪いと知った途端、噴き出してしまった。

「ふふっ。あははは！」

もうどうでもいいとはいえ、確かに多少ひどい目に遭ってほしいという願望は私の中にあったようで、やたらと胸がすっきりした。私も性格が悪いようだ。

「ま、悪夢を見せるくらいはいいでしょ？」

蒼波は得意げに微笑む。

「うん、いいと思う。ひと月って期間もなんかちょうどいいわ」

「俺は一生にしてやろうと思ったんだけどさ。さすがにそれは碧が嫌がるかなって」

「さすが。蒼波は私のことをよくわかってるね！」

私たちは顔を見合わせて、しばらくの間笑っていた。なんだかとても楽しくて、居心地がいい。

だけど彼の微笑みが、時々とても寂しそうだったり悲しそうだったりするのはどうしてなのだろう。

今までにも、何度かそんな彼の表情には気づいていた。理由を尋ねようと思った時もあったが、なんとなく口をつぐんでしまった。

ひょっとしたら私は心のどこかで察していたのだろうか。

この幸せが、もうすぐ終わってしまうことを。


それからまた一週間くらい経った。

少し前まで水族館を訪れるお客さんは家族連れがほとんどだったが、ここ数日は社会科見学や遠足の小学生、幼稚園児の団体客が一気に増えた。夏休みが終わって九月になったためだろう。

先生に引率されて大きな水槽を眺める幼児や、グループごとに思い思いに館内を回る小学生の子供たちを微笑ましく眺めながら、私は仕事に精を出していた。

すると、タツノオトシゴの水槽をじっと眺めている十歳くらいの男の子がいるのを見つけた。魚、タコやイカ、貝といったポピュラーな海の生き物とはまるで違う姿が物珍しいのだろうか。

タツノオトシゴの隣の水槽の手入れをしていたら、その子がくるりと私の方を向いてこう尋ねてきた。

「タツノオトシゴは龍神の子供なの？」

まさか『龍神』という単語が出てくると思っていなかったので、一瞬ドキリとした。

しかし彼が蒼波や龍宮城のことを知っているわけではないだろう。

もともとタツノオトシゴという和名は、もし龍に子供がいたらこんな姿なのではないか、という理由で付けられたと聞く。きっとこの子はどこかでその話を耳にしたのだろう。

「龍みたいな形をしているものね。でも、違うよ。この子はれっきとした魚の仲間なの」

タツノオトシゴを龍神の子供ではないかと考えている彼がかわいくて、微笑んで答えた私だったが。

彼は私の回答を聞くなり、なぜか安堵したような面持ちになった。

「そうなんだ、龍神じゃなくてちょっと残念。でもそれなら、この子は消えなくて済むね」

その言葉の意味がわからなくて、私は眉をひそめる。心に不穏な気配が走った。

だって、タツノオトシゴが魚の仲間なら消えなくて済むと彼は言ったのだ。つまり龍神の子供だとしたら……。

「……それ、どういう意味かな？」

浮かんだ考えを否定してほしくて、私は恐る恐る尋ね返した。

しかし私の不安など知る由もない彼は、きょとんとしてこう答えたのだ。

「だって、俺のおじいちゃんが言ってたよ。この地域に伝わる伝説の龍神様は、願い事を叶えると消えちゃうんだって」

「え……」

衝撃の言葉に、私は蚊の鳴くような声しか出ない。

様子のおかしくなった私を男の子はしばしの間不審そうに見ていた。しかし少し離れた友達に呼ばれると、走り去った。

龍神様は願い事を叶えると消えてしまう？　それってつまり、蒼波は願いを叶えると消えるってこと？

蒼波が消える……？

この先もずっと、昼間は水族館で働き、夜は龍宮城へ行って蒼波とのんびり楽しく過ごすんだと、そんな青写真を近頃の私は心に描くようになっていた。

だけどあなたは消えるかもしれないの？

予想外の話に、私は作業の手を止めて途方にくれた。


その日の勤務が終わり、私はすぐにこの町の歴史資料が置かれている図書館へと向かう。

今日は早番で十五時終わりだったから、十七時に閉館する図書館に行ける時間でよかった。

いつも勤務終了と同時に蒼波が迎えに来るけれど、彼には『ちょっと用事ができちゃって。十七時には水族館前に戻るから』と告げた。

こうしてひとりで図書館にやってきた私は、書架の隅に立てかけられた町史を記した本を読み漁る。

しばらくの間読み進めていたが、ついに私はこんな見出しを発見してしまう。

『龍神様は、その時を迎えたら消えてしまうのです』

詳細を読むのが恐ろしすぎて、汗が滝のように流れ出てきた。しかし今さら見なかったことにはできない。

私は恐る恐るその記事を読み始めた。

『龍神様が叶えてくださる願いはふたつ。しかし龍神様はふたつ願いを叶えたら消えてしまいます。古来、町の者たちは生娘の生贄を捧げてその見返りとして龍神様に願いを叶えてもらっていました。しかし、文明の発展と共に干ばつや地震などの災害で多くの命を落とす機会も減ったため、生贄を献上してまで龍神様に願いを叶えてもらう必要がなくなり、次第に龍神信仰は廃れていったのです』

そういえば昔は生贄を捧げてもらっていたと蒼波が話していたのを私は思い出した。そして最近ではそれがなくなったとも。

蒼波の話と合致する点が多い。だからつまり、ふたつ願いを叶えたら消えてしまう、というのもきっと真実なのではないだろうか。

──でもそれなら、願いを叶えなければ龍神は消えないのかな？　それともやっぱりいつかは消えちゃうの？

それについて知りたくて私は町史を記した本を隅から隅まで読み込んだけれど、結局龍神の消滅に関するそれ以上の記述は載っておらず不明だった。

──本当に蒼波は消えてしまうの？

十七時に水族館前に戻ると蒼波と約束をしたのに、私は彼に真実を尋ねるのが怖くて戻れなかった。

図書館を出て、現実逃避をするようにふらりふらりと歩いているうちに、自然とひと月前に私が身投げした波止場――私と蒼波が出会った場所に到着した。

あの日と同じように夕焼けに染まる海面をぼんやりと眺める。波の音やウミネコの鳴き声がやたらと切なく感じて、涙が出そうになった。

どれくらい、そうしていただろうか。

「どうしたの碧。こんなところで」

背後から蒼波の声が聞こえてきた。待ち合わせ場所に現れない私を捜して、ここにたどり着いたらしい。

彼の口調はやたらと静かで、なにもわかっていない感じではなかった。私がなぜ約束を破ってひとりでここで黄昏（たそが）れていたのか、きっと予想がついている。

「蒼波は消えちゃうの？」

私は振り返らずに尋ねた。

しばしの間答えは返ってこず、波の音が場を支配する。

「……龍神の伝説の詳細について、知ってしまったんだね」

ため息交じりの諦めたような声だった。

私はこくりと頷いて、とうとう蒼波の方を向く。彼は寂しそうに私に微笑みかけた。

「願い事をふたつ叶えたら龍神は消えるんだって知った。でも願いを叶えなければ消えなくて済むってこと？　蒼波、あなたは願いを叶えてしまったの？」

望みをかけて尋ねる。しかし蒼波の寂寥感に満ちた表情から、私はすでに察していた。彼が近いうちに消えゆく運命にあるのを。

「龍神には実は百歳という寿命があってね。大体の龍神は寿命が来て朽ちる直前に人間の願いを叶えてあげていたらしい。俺は二十五歳だから寿命はまだまだだけど……実はひとつ目の願いをすでに叶えている。ふたつ目はまだだけど、ふたつ目の願いを叶えたらその直後に消えてしまう。……いや、ひとつ目の願いを叶えてからひと月が経過したら、ふたつ目の願いを叶えなくても龍神は消える定めにあるんだ」

予想はしていたものの、本人の口から聞かされるのはやはりショックが大きかった。

まだ消えると決まったわけではないと、ほんの少し思っていたから。

たった今、蒼波がもうすぐ消えるという現実を私は知ってしまったのだ。

「どうして……。なんで消えちゃうの」

掠れた声を私は漏らした。

「それが龍神の定めなんだよ。世の理（ことわり）には逆らえない」

「そんな……！　なんでひとつ目の願いなんてしてしまったの!?　なにをいつ願ったのっ。ひとつ目の願い事さえしなければ、蒼波は！」

思わず蒼波を責めるような口調でまくし立てる。

蒼波の話では、ひとつ目の願いを叶えてからひと月が経過したらふたつ目を願わなくても龍神は消える、ということだ。

それならひとつ目の願いさえしなければ、蒼波は消えないはず。私とずっと一緒にいられたはず。少なくとも、どちらかの寿命が尽きるまでは。

そしてひとつ目の願いはいつ行われたのか。昨日なのか、それともひと月前なのか。場合によっては、蒼波はもう……。

「ひとつ目の願いはね。君を——碧の命を助けてください、って。俺は君が海に飛び込んで瀕死(ひんし)の状態になっていた時にそう願ったんだ」

蒼波はひどく切なげに、しかしひどく優しげに微笑んで、驚くべき言葉を口にした。

「え……。わ、たし……？」

まさかひとつ目の願いに自分が関わっていると想像していなかった私は呆然とする。

「うん。俺が『水族館の生き物たちを残して死ねない』という碧の心の声を聞いて碧を見つけた時は、すでに手遅れだった。まだかろうじて心臓は動いていたけれど、陸に引き上げて人工呼吸やらの手当てをして息を吹き返したとしても確実に重度の後遺症が残るほどのダメージを受けていた。だからとっさに願ったんだよ。この子の命を助けてください。元気にしてあげてくださいって」

――なんてこと。

だとすると、ひとつ目の願いは八月八日に行われている。

そして今日はあの日からひと月経った、九月八日だった。つまり、ふたつ目の願いとは関係なく、蒼波が消滅してしまう日。

「どうして……！　なんで、私なんかのためにそんなっ」

見ず知らずの人間の女ひとりを助けるために、どうして蒼波が自分の命をなげうたなければならないのだろうか。

蒼波がそう願わなければ、私は今ここにいないし彼とも出会えなかった。だけど今のこの小さな幸せが、あなたの命と引き換えに成立していたものだったなんて。どうしてそんな行為を？

「だって俺は碧に昔助けられたから。今度はお返ししないとって」

「え……？」

「碧が子供の頃、タツノオトシゴを海に逃がしてあげたって言っていただろ？　あれ、俺だったんだよ」

衝撃の事実に、私は言葉を失った。

当時、子供だった蒼波はタツノオトシゴに変化をして魚たちと泳いで遊んでいた。

すると運悪く、漁船が仕掛けた網に引っかかってしまい、紆余曲折を経て私のクラスの水槽で飼われる運びになった。

早く海に戻らなければと焦る蒼波だったが、笑顔で他愛のないことを話しながら世話をする私に好意をもったのだという。

「優しい君に世話されて、水槽の中もとても居心地がよかった。でもやっぱり俺は龍神だから、龍宮城に戻らなくてはいけなくてね。それである日、ダメもとで『海に帰りたい』って強く祈ったんだ。そしたら」

「私にそれが通じたんだ……」

蒼波はゆっくりと頷き、こう続けた。

あの時からずっと、私を想っていたと。

今どうしているだろう、もう大人になっただろうな。きっと心優しい大人の女性に成長したのだろうな。龍神と人間は結ばれないだろうから、優しい人間の男性と番い（つがい）になっているといいな。

そんなふうに想いながら過ごしていたら、ひと月前の八月八日に私が海に飛び込んできたものだから大層驚いたのだという。

しかも、恋人に二股をかけられた上に捨てられたなんて信じがたい状況に陥っている。

「それを知ってさ。人間の男なんかに任せられない、俺が碧を幸せにするんだって意気込んでしまったんだよ。……あと少ししたら消えてしまうというのに」

悲しげに微笑む蒼波。

彼が何年も私を想い続けてくれたのは素直に嬉しい。私だってすでに蒼波が誰よりも大切な唯一無二の存在になっていたから。

それなのに、私が命を省みずに馬鹿な行動をしたせいで蒼波は消えてしまうのだ。

だがしかし、ひとつ目の願いを蒼波が願わなければ、私が海に飛び込まなければ、この一カ月間の幸福に満ちた時間は存在しなかった。

私はいったい、どうしたらよかったのか。どうすれば蒼波と一緒に末永く穏やかに暮らせたのだろう。

「ふたつ目の願い。蒼波が消えないようにってお願いできないの……？」

ふと思いついて恐る恐る尋ねるも、蒼波は悲哀に満ちた微笑みを浮かべながら首を横に振る。

「もちろん、過去に同じことを思いついて願った龍神もいたさ。だけど龍神は願いを叶えて消えるのが定めなんだよ。どんな願いも叶えられる龍神の力も、その願いだけは無効になってしまうんだって」

「そんな……！　それじゃあふたつ目の願いを叶える意味なんてないっ！　それ以上になんの願いがあるっていうのっ……」

私は絞り出すような声で必死に訴えた。

蒼波がいてくれたから、琢磨にされた仕打ちで落ち込んで灰色に見えた世界もキラキラと色づいた美しい風景に変わったというのに。

毎日がとても楽しく、充実していたというのに。

あなたがいなくなるこの世界で、あなたはなにを願うというの。

「あるよ、大事な願いが。君に求婚した時から、もう決めてある」

蒼波は静かな声で答えた。

「え……？」

「『碧が幸せな生涯を送れますように』。そう願うって、俺は心に決めていたんだよ」

蒼波はとても幸せそうな笑みを浮かべた。

「そんな……蒼、波……」

掠れた声で名を呼ぶ。

あなたはいなくなってしまうのに、どうしてそんなこと願うの。ねえ、勝手に納得しないで。ひとりで満足しないで。

「短い間だけど楽しかった。碧のそばにいられて、碧の笑顔が近くで見られて、俺は幸せだった。だから今度は、碧が幸せになる番だよ。……もう時間がない」

「嫌……！　蒼波、待って！　消えないでっ……」

　私は涙声になりながら蒼波にすがる。

　しかし彼はそんな私に向かってひときわ優しく微笑むと、私にはよく聞き取れない発音の言葉をひと言呟いた。

　すると、私の目の前から音もなく蒼波は消滅した。まるで初めからなにもなかったかのように、なんの痕跡も残さずに。

　あまりにあっけない幕切れに、私はその場で泣き崩れた。

「どうして……！　なんで、こんなっ。ひどい……！　あなたがいないと私は幸せじゃないのにっ……！　あなたがいないとふたつ目の願いは叶わないのにっ。だって私はもう、誰よりも蒼波が……！」

　涙声で私は叫ぶ。誰もいない波止場で、絶望に打ちひしがれた私は大声を上げて泣きじゃくる。誰もその言葉など、聞いていないというのに。

　すると、信じられない現象が起こった。

「え……？」

　きらりと目の前が光った次の瞬間、なんとこの世から消滅したはずの蒼波が現れたのだ。

「あ……蒼波!?」

　なにが起こったのかわからなかったが、私は反射的に彼の名を口にした。

蒼波は目をぱちくりさせて、信じがたいといった表情で自分の手のひらを眺めたり頬を触ったりしている。

「なぜ俺はここにいる……？　消えたはずでは？」

そう呟く蒼波を見て、私はある変化にハッと気づいた。

「蒼波の髪の色……。消える前までは銀だったのに、青くなってる」

出会ったばかりの頃、『銀の髪は龍神の証し』と蒼波が話していたのを私は思い出した。しかし今は、海の民と同様の青髪に変わっていた。

「俺は龍神じゃなくなった……？　でもなぜ消えなかった？」

蒼波のその呟きを聞いて、私はやっと彼の身になにが起こったのかを理解した。

「龍神は確かに消えた。でもあなたのふたつ目の願いは、あなたがいないと成り立たない。だって私は、蒼波と一緒にいなければ幸せではないんだから」

「……だから龍神ではない俺が碧の前に現れたってこと？」

いまだに理解できないといった表情で、蒼波は私に尋ねる。

「たぶん。私もまだ信じられないけど、だって……」

私の幸せは、蒼波と共に生きること。あなたが存在しない世界では、どうやってもその願いは叶わない。

そして龍神の力はどんな願いでも叶える。ただその願いが叶ったに過ぎないのだ。

「まさか、そんな奇跡が……!?　碧は、そんなに俺を？　君は俺と一緒にいるのが幸せなの？」

「そうよっ……！」

蒼波に飛びついた私は、ようやく喜びが込み上げてきた。

蒼波がここにいる。存在する。抱きついたあなたは、私と同じように温かく、生きている。

大好きな人とこれからも一緒にいられる幸せをひしひしと感じていた。

「碧……」

切なげな声で私の名を呼ぶと、蒼波は私を抱きしめ返した。蒼波の体温が今まで以上に強く伝わってくる。

「まさか碧が俺をそんなふうに想ってくれていたなんて……。最後まで俺の片思いだと思っていたよ」

「……好きになっちゃったよ。一カ月の間に」

「最後の悪あがきが実ることもあるんだな。もう一生離さないから」

私の耳元で蒼波が囁く。

とても熱っぽく愛のこもった声を聞いて、身震いするほどの幸福感が込み上げてきた。

「私だって……！　一生離れてやらないんだからっ」

嬉し涙をこらえながら蒼波に対抗するように言うと、彼はそっと私の顎に指を添えた。

「碧。今までもこれからも。ずっと愛している」

眼前で改めて愛を告げられ、私は頷く。

そして私たちは波の音がする海辺で、潮の香りを感じながら初めての口づけを交わしたのだった。

その後、いつものようにふたりで龍宮城に戻ると、青く変化した蒼波の頭髪に海の民たちは大層驚いていた。

騒ぎを聞きつけてやってきた琉衣さんに経緯を話すと、いつも冷静な彼が珍しく目を見開いて驚愕していた。

「龍神の歴史に詳しい俺でも、こんなの聞いた覚えがねぇ。前代未聞だな……」

「まさに愛の奇跡だよ」

不敵に笑う蒼波に、琉衣さんは苦笑を浮かべながらもこう続けた。

「はいはい。……まあでも、実際そうだろうけどよ。龍神は百年に一度しか現れないから、あと七十年以上は出現しない。お前らは寿命が尽きるまで、ここでのんびり暮らせばいいさ」

　そう言った琉衣さんはいつものような冷静な口調だったけれど、どこか喜んでいるように見えた。

　そういえば以前に、なんとなく寂しげな表情で琉衣さんは『あんたができる範囲で構わないから、あいつの望み通りにしてくれると嬉しいよ』と私に言った。

　きっと蒼波の側近である彼は、私を救うためにひとつ目の願いを叶えてしまった蒼波を、そして私たちが悲しい運命をたどるのを知っていたのだろう。

「じゃあ俺たち夫婦が末永く暮らせることになったお祝いに……。今日も宴だな！」

　蒼波が意気揚々と声を張り上げた。

　特別なことがなくても毎晩宴会が行われる龍宮城だったけれど、今日は今までで一番豪華な宴だった。

　人魚たちの踊り、魚たちの歌を聴き、蒼波が心から楽しそうに微笑んでいる。

　私はそんな彼の隣で、満面の笑みを浮かべて幸せを噛みしめるのだった。

　――これからもずっと一緒だよ、蒼波。

完

十六歳、鬼の旦那様が迎えにきました

涙鳴

あの人はまだ、あの約束を覚えているだろうか。それとも、十五ばかりの子供とした契りなど、とうに忘れてしまっただろうか――。


「小夜！　刹那はどこに行ったんだい？」

畑の雑草を抜いていると、責めるような声に呼ばれて顔を上げた。案の定、目尻を吊り上げたお母さんが近づいてくる。

辺りを見回すも、近くで一緒に雑草を抜いていたひとつ下の妹の姿はない。

「姉のお前がちゃんと面倒を見ないで、どうするんだい！」

鍬を振り上げながら怒るお母さんに、私はとっさに身を縮こまらせた。

「ごめんなさい、捜してきます」

「すぐに連れ戻してきな！」

「はい……お母さん」

雑草を抜いて汚れた手と、土がついた紺絣の野良着、腰についた前掛けを叩きつつ立ち上がる。

「まったく、使えない子だよ」

自分を罵る声を背中に浴びながら、森の方へ歩き出す。

私は都から遠く離れた田舎の村にある農家の娘に生まれた。物心ついたときから畑仕事を手伝ってきたが、妹の刹那は家の手伝いを投げ出しては森で想い人と逢瀬(おうせ)を重ねている。

相手は向かいの家に住んでいる私のふたつ年上の幼馴染(おさななじみ)、正隆(まさたか)だ。歳が近い村の娘たちは皆、顔立ちのいい彼に夢中になっている。

前は一緒に遊んだりもしたが、いつしか刹那は私をのけ者にして正隆とふたりで会うようになった。それからは自然と正隆とも距離ができた。

彼を独占している刹那は皆の羨望の対象になり、いつも誇らしげだ。

ふたりが仲良くなるのは別に構わないのだが、刹那が正隆と会うために畑仕事を抜け出すと私が叱られてしまう。今みたいに何度も迎えに行く羽目になるのは困る。

「刹那ーっ」

森の中で妹を捜し歩き、荒屋(あれや)の前を通りかかると、パシャッと足元で軽い水音がした。雨なんて降っていないのに、なぜだろうと視線を落とすと……。

「きゃっ」

足に跳ねたのは血だまりの赤い雫(しずく)。それに気づいた途端、腰が抜けた。私はその場に尻もちをつき、じりっと後ずさる。

血痕は荒屋の方に続いていた。こわごわ戸の隙間から中を覗(のぞ)けば、男が倒れている。

た、大変！

　私は慌てて駆け寄り、男の身体を揺すった。

「あの、大丈夫ですか！」

　男は白の羽織に黒い小袖と袴姿(はかますがた)で、見た目は二十五かそこら。薄茶色の髪も青白い肌も日に透け、そのまま輪郭を失ってしまいそうなほど儚(はかな)げに見えた。

　何度か声をかけると、男は苦しげにうめきながら薄っすら瞼(まぶた)を開く。

　え……。その瞳は噂に聞く鬼特有の血の色だった。でも、不思議だ。きりっとした眉目や、すっと通った鼻筋が相まって、怖さよりもその美しさに心を支配された。

　そういえば、都で『悪路王(あくろおう)』なる鬼が現れたと聞いた。女子供を攫(さら)って喰(く)らい、悪事を働いて良民を苦しめていたために、異形を討伐する征夷大将軍(せいいたいしょうぐん)に追われているとか。こんなに綺麗な人が、あの恐ろしい悪路王と同じ鬼とは思えない……。

「誰、だ……俺に……近寄る、な……」

　状況も忘れて男に見入っていた私は、その声で我に返った。

　男は荒い呼吸を繰り返し、うつろな目をさまよわせている。傷が痛むのか、爪が食い込むほど拳を握りしめていた。

　私がいなくなったら、この人はどうなっちゃうんだろう。助けに来る仲間とか、いるのかな。

　もし私がこの人みたいにここで死にかけていたとして、お父さんやお母さんは心配してくれるだろうか。妹は……捜しに来てくれるだろうか。

ただそこにいるだけで邪魔者扱いをされる私とは違って、仕事をさぼっても悪態をついても誰にでも愛される妹に引け目を感じているからだろう。私を案じてくれる家族の姿が頭に浮かばない。

鬼の群れからひとり取り残された彼が、家族の輪の外にいる自分に重なって見えて、手を伸ばさずにいられなかった。

「大丈夫だよ」

男の手に自分の手を重ねる。すると男は、ふっと力が抜けたように目を閉じた。その拍子に流れた涙を見て、胸が締めつけられる。

泣いてる……きっと休まる暇もなく、ここまで命からがら逃げてきたんだ。

「今は弱ってるから、涙が出るほど悲しかったこととか、悔しかったこととかが心の箱からあふれ出しちゃったんだよ。傷が癒えたら、元気になれるはずだよ」

私の声が届いていたのかは分からない。でも、どちらでもいい。これは私の自己満足なのだから。

私は男の涙をぬぐい、一度荒屋を出ると、川まで走った。

頬被りした手ぬぐいを解(ほど)いて水に浸し、転んだときについた手足の泥をついでに流そうとしたとき、水面に辛気くさい自分の顔が映り込む。

まっすぐに切り揃えられた前髪やもみあげ、後ろで緩く束ねられた長い黒髪。濃紺の瞳に浮かぶ諦めの色は〝あの日〟から染みついてなかなか抜けてくれない。

あれは数日前のことだ。夜半に喉が渇いて起きた私は、お酒を飲みすぎて口論になっていた両親の話をうっかり聞いてしまった。

『お前がよその男と作った子供の面倒まで見てやってんのに、酒代くらい寄こせってんだよ！』

『そんなふうに喚かれたって、ない金はやれないよ！　それとも、小夜を捨てれば、文句ばかり吐き散らすその口を黙らせられるのかねえ？』

『ああ、そうだな。育ったらどこかに売っちまえ！　ひとり減りゃあ、生活も少しは楽になんだろ』

『馬鹿だね、捨てちまったら金が入るのは一回きりだろ。でも嫁がせれば、あたしらの老後は安泰さ。娘がふたりもいるんだからねえ、たんまり仕送りをさせるんだよ』

意地汚い笑みを交わしながら、杯をぶつけ合って酒をあおる両親に、心が急激に温度を失っていくようだった。

妹との対応の差を見れば、どちらが一夜の過ちでできた子なのかはすぐに分かる。

あのとき、どうして起きてしまったのか、なぜ水を飲みに行こうとしてしまったのか、自分の行動を悔いた。そのままなにも知らずに眠っていれば、残酷な真実に薄々気づきながらも、胸の痛みをごまかして生きていくことはできたのに。

嫌な過去を消すように水面を手ぬぐいでかき混ぜてしぼると、腰の竹筒に水を入れて荒屋に戻った。

張り巡らされた蜘蛛（くも）の巣を手で払いつつ部屋に入り、穴だらけの床に横たわる男のそばに膝をつく。

着物を脱がせるため、腰に携えた刀を取ろうとすると、がっと手首を掴（つか）まれた。

「痛っ……」

意識がないのに、なんて力なの！

起きたのかと一瞬焦ったが、どうやらそうではないらしい。固く閉じている男の目に安堵（あんど）しつつ、刀を取るのは諦めて帯を緩める。着物の前をはだけると、胸から腹部にかけて大きな刀傷が刻まれていた。

「ひどい……」

普通の人間ならば死んでいるのではないだろうか。鬼の生命力は強いらしい。

私は濡（ぬ）らした手ぬぐいで恐る恐る傷の血をぬぐい、荒屋に戻る途中で摘んだ蓬（よもぎ）を塗った。畑仕事では鍬や草でよく手を怪我する。その際は皆、血止めの薬草である蓬を傷に揉（も）んでつけるのだ。

「あとは……」

自分の着物の裾を細長く裂いて、包帯代わりに男の身体に巻きつける。

「よい……しょっと！」

男の背になんとか膝を入れて、その上半身を起こした。口元に竹筒を当てて水を飲ませる。

「お願い、飲んで……」

ときどき口端からこぼれてしまうものの、男の喉仏は上下に動いている。生きようとしているのだと分かって、私はほっと息をついた。

「大丈夫。きっと、よくなるから……」

必要とされない私でも、誰かのためになにかできる。その事実が心に溜まった澱を少しばかり軽くしてくれた。


それからしばらく、私は男の看病を続けた。

家族の食事を作るのは私の仕事だったので、朝も昼も夜も人目を避けて、おにぎりと一緒に竹筒に入れた味噌汁を男のいる荒屋に届けた。

そのたびに傷に巻いた布も取り替えているのだが、男はいつも眠っている。なのに次の日に荒屋に行くと、おにぎりと味噌汁は綺麗になくなっているのだ。

意識が戻っているのは確かなはず。もしかして、顔を合わせたくないのかな。

少なくとも体力が回復するまでは、私を食べたりはしないようだ。

今日も狸寝入りしていると分かっていて、気づかないふりをしながら男の手当をしていると――。

「わっ」

いきなり手首を掴まれ、持っていた布を落としてしまう。

「なぜ、俺を助ける」

血を垂らしたような紅い瞳に鋭く射抜かれ、身体がすくみ上がった。

「数日様子を見ていたが、お前は寝首をかくでもなく、ただ世話をするのみ。なにが目的だ。答えろ、子供の細腕などたやすく砕けるぞ」

言葉の通り、手を引っ込めようとしても力が強く、びくともしなかった。

「い、痛い……っ」

「俺を探れとでも命じられたか。都の連中は『黄泉島』のあやかし狩りに躍起になっているからな」

「ち、違っ……」

「お前たち人間は俺たちあやかしを悪と決めつけ、排除しようとする。だが、この地にいるはぐれあやかしを見境なしに殺しているお前たちの方がよほど、悪だ……っ」

興奮して傷が開いたのか、男は腹部を押さえて背を丸める。

「大変っ、血が……！」

男の身体に巻いた布に赤い染みがにじみ、思わず手を伸ばせば、「触るな！」と払われてしまった。

じんじんと痛む手を押さえつつ、私は慎重に言葉を選びながら話しかける。

「わ、私は、あなたを探ってるわけではないです。妹を捜してたら、あなたが荒屋で倒れてて、だから……」

「ふんっ、善意とでも言うのか」

鼻で笑う男に、私はふるふると首を横に振る。

「自己満足です。こんな私でも、あなたを助けられたら……もしかしたら、誰かの特別になれるのかもと……そう思って……」

意味が分からない、とばかりに男は眉を寄せる。

「とにかく、私はあなたを助けます。それが私を助けることにも、なる……から。だから、利用してくれていいです。傷が癒えるまでここにいて、治ったら帰るべき場所に帰ってくれれば……それで」

私は傷に巻く新しい布と薬草が載った竹ざるを置くと、ぺこりと頭を下げて荒屋を飛び出した。そんな私の背中を、男が見つめているとも知らずに。

嫌われてる――。そう思ったのに、この日から男の元を訪ねても寝たふりをせずに手当てをさせてくれるようになった。威圧的な態度は崩さなかったが、私の目的を探らなくてよくなったくらいには信用されているようだ。

「姉さん、最近ご飯の時間になると、どこかに出かけてるよね。どこに行ってるの？」

ある日、台所で荒屋の男に差し入れる食事を作っていると、妹の刹那に見つかった。

内心どきりとするが、私は悟られないように、お味噌汁に入れる大根を切りながら淡々と答える。

「お母さんは私を見るといつも怒るから……できるだけ目につかないところへ行こうかなって」

「ふうーん、姉さんにもついに逢引きする相手でも見つかったのかなって思ったのに、違うんだ。でも、もし姉さんにそういう相手ができたとしても、お父さんとお母さんと同じように、みんな私を好きになるのよね。姉さん、かわいそう」

刹那はくすくす笑う。断言できるのは、本当に刹那が愛されて生きてきたからだ。

花のように愛らしく、刹那が笑えば皆がうっとりする。今から誰が刹那のお婿さんになるのか、村ではその話で持ちきりだ。

お父さんとお母さんも愛情とは少し違うだろうが、私よりも本当の娘である刹那を贔屓にしている。

対照的に私は特段秀でたところもなく、地味で人付き合いも苦手だ。刹那と自分を比べると、どんどん卑屈になって、自分が好かれるはずないと足がすくんでしまう。

「うん、分かってる。刹那はいつも可愛くて、みんなに愛されてる。私みたいなのが姉で申し訳ないくらいに」

「大丈夫よ、姉さん。姉さんはちゃんと私の役に立ってるもの」

私の引き立て役として、と付け加える声が聞こえてきそうだ。私は曖昧に笑い、「それじゃあ行くね」と逃げるように家を出た。


「し、失礼します」

上半身裸の男に抱きつくような格好で布を巻く。顔を伏せていても、視界に映った胸板が脳裏にちらついて、頬が熱い。

最初の頃は怪我がひどくてそれどころじゃなかったから、特に意識してなかったけど……お父さん以外で、男の人の身体を見たのって初めてだな。

「っ……落ち着かなきゃ……そうだ、畑の野菜だと思えばいいんだ！　これはじゃがいも、じゃがいも……土に埋めちゃえば怖くない……ふう」

布を握ったまま、額の汗を手の甲で拭う。

「ふう、ではない。お前ごときが俺を生き埋めにできると思っているのか？」

今の私は手当てに全神経を注いでいるので、自分でなにを口走っているのかもわからない。天の声にも、なにも考えずに返事をする。

「あ、そっか。埋めちゃ息ができないですよね。これは美味しいじゃがいも、じゃがいも……全部食べちゃえば怖くない……」

「まさか人間に美味しく食べられる日が来ようとはな」

「美味しく⁉」

声が裏返る。反射的に顔を上げれば、男は怪訝そうに私を見下ろしていた。

「さっきからぶつぶつとなんだ。照れているのか？　お前の歳なら見慣れていなくても致し方ないか」

「て、照れてません！」

反論しながら、つい手に力が入ってしまった。「ぐっ」と頭上から痛々しい声が降ってくる。

「ご、ごめんなさい」

恐る恐る見上げれば、鼻先がぶつかりそうなほど近くに男の顔があった。

「うわあっ！」

勢いよく仰け反ると、後ろに倒れそうになる。

「おい！」

男が私の腰にすかさず腕を回してくれたおかげで、硬い床に頭をぶつけずに済んだ。

私を抱えている男はほっとしたような、呆れたような顔をしている。

「落ち着け、取って食ったりはしない。にしても……『うわあっ』か」

男は俯き、「くっ、くく……」と小刻みに肩を震わせた。

「もっと色気のある反応はできないのか。いや、子供にそれを求めるだけ無駄か」

わ、笑った？　唇をむずむずさせている男から目を逸らせない。失礼なことを言われているのに、なんでか嫌な気がしなかった。

「顔が赤いな。看病がいるのはお前の方ではないか？」

男の手が私の頬を撫でた瞬間、心臓が暴れそうになる。

「子供でもないし、病気でもないです……から、とにかく私は野菜の手当てを……」

「くっ……まだそれを続けるのか。わかった、物言わぬ野菜になりきってやる」

深呼吸でなんとか気を落ち着かせる私を、男はどこか楽しげに眺めていた。

変な疲れを感じながら手当てを終えると、男はそばに置いていた竹皮の包みを開け、私が差し入れたおにぎりをかじった。

「お前、征夷大将軍がこの村の近くに来ているという噂を耳にしたことはあるか？」

「え？　そういう話は聞いたことがありませんけど……」

首を横に振りながら答えれば、男は「……そうか」とため息をついた。

この人、征夷大将軍に追われてるのかな。まさか、あの悪路王本人じゃないよね？

「そうだったとしたら、どうしよう。私も食べられちゃうのかな。でも、それならもう食べられてるよね……」

「俺は人間は喰わない」

えっ、心の中を読まれた!?

びっくりしていると、男が呆れ気味に私を見ている。

どうやら心の声を口に出していたらしい。

「すみません……」

「別に構わん。お前は肉付きが悪くてまずそうだ。そばに置いて眺めている方がずっと俺のためになる」

「へ……?」

きょとんとする私に、男は「冗談だ」と笑うと、再び表情を引き締めた。

「それより、この辺ではぐれあやかしを見ていないか」

「はぐれあやかし?」

「群れからはぐれたあやかしのことだ。俺は朝廷のやつらに狩られる前に、はぐれあやかしを捜して保護している」

あやかしの仲間を助けてるってこと?

怖い存在だと思っていたあやかしへの印象が少しだけ変わる。

もっと知りたいな。自然とそう考えていた自分に驚いて、沈黙していると……。

「知らないならいい。……ところで、これはお前が作っているのか」

男は私と目を合わさずに、おにぎりを軽く持ち上げる。

あまりにも普通の話題だったので目を丸くしていると、男はわざとらしく咳払いをした。

「聞いているのか」

「え、はい、そうですけど……不味かった、ですか？」

「そうは言っていない」

男は黙々とおにぎりを平らげ、親指で唇をぬぐうと、こちらをちらりと見やる。

「お前、名は？」

唐突な質問攻めに戸惑いつつも「小夜です」と答えた。

この流れで、私も名前を聞いてもいいだろうか。

「あの、あなたの名前は？」

「伊吹だ。人間は悪路王と呼ぶが」

やっぱりあの悪路王だったんだ！

耳にした噂の数々が一気に蘇り、知らず知らずのうちに顔が強張る。

「やはり俺が怖いか」

取り繕う余裕もなく、私は「え……」とうろたえた。

男――伊吹さんの目は、答えを聞くまでもなく私の気持ちを見透かしている。

そんなわけないです、と当たり障りのない言葉でごまかすこともできたが、なぜだか伊吹さんには嘘をつきたくなくて、正直に告げることにした。

「怖い……です、とても」

「悪路王の名がこの地にどのように知れ渡っているのかは、分かっている。なのになぜ、俺を助けた」

逃げを許さない伊吹さんの射抜くような視線を前に、ごくりと喉を鳴らす。

まっすぐ、見つめてくるんだな。それが怖くもあり、なぜか初めて自分を見つけてもらえたような気持ちにもなり、泣きたくなった。

「私は……今まで誰かに必要とされたことが……ありません。だから……誰かの役に立ちたかった。あなたが……鬼でも」

「そういえば、前にも似たようなことを口走っていたな」

覚えててくれたんだと、ささやかな喜びに胸が震える。

「俺は人間は好かん」

「仲間を……殺されたから？」

伊吹さんの空気が一気に張り詰めた。

私が身震いしていると、伊吹さんはしぼり出すような声で言う。

「そうだ。あやかしは人間など、たやすく踏みにじれる。だが、進んでそのような真似をするほど落ちぶれてはいない。他のあやかしはどうか知らんが、俺たち鬼には誇りがある」

伊吹さんの揺るぎない瞳を見れば、その言葉は嘘ではない気がした。

「だというのに、人間どもはあやかしというだけで嫌悪し、童も女も見境なしに襲う。俺たちからすれば、人間の方がよほど理性のない獣だ」

今までは、あやかしの脅威から守ってくれる征夷大将軍様に感謝してたけど……。目の前で打ちひしがれている伊吹さんを見ていると、素直にあやかしがいなくなってよかったとは思えない。

「私……伊吹さんに会うまで、あやかしは人間を食べる恐ろしい生き物だと思ってました」

怪訝そうに片眉を上げる伊吹さんに身を縮こまらせつつ、自分の考えを述べる。

「だけど、あなたは違う。おにぎりの話もするし、仲間を思って怒ったり、泣いたりもする。そんな伊吹さんを……ただ怖いとはもう思えないんです」

伊吹さんの目が見開かれていく。不快にさせたのか、素直な驚きか、分からないままに言葉を重ねる。

「人間も悪い人ばっかりじゃないんですよ！　少なくとも私は、あやかしだからひどい目に遭ってほしいとか、考えてないです」

「お前が他の人間と違うのは分かっている。あやかしの看病をする稀有な女だ」

「稀有……」

それって褒められてるのかな。いや、貶されてる？

首を傾げていると、伊吹さんは小さく吹き出した。その瞬間、張りつめていた荒屋内の空気がふわっと和らぐ。

「悪い意味で言ったのではない。いい気づきをくれたと思っている。あやかしも人間も互いに知らないことが多いらしい。分かり合う前に狩るか狩られるかの戦いになっていたからな」

自分の気持ちを饒舌に語る伊吹さんは新鮮で、緩みそうになる口元に力を入れながら私は耳を傾けた。

「すべてのあやかしが理性を以て自らを律し、人間に対話できる存在だと分からせることができれば、俺たちのように共に在れるというわけか」

伊吹さんは納得したように頷いている。よく分からないが、お役に立てたようだ。

「私も伊吹さんと一緒にいられたら、うれしいです」

肩をすぼめると、伊吹さんは淡白な口調で言う。

「伊吹」

「え？」

「伊吹でいい」

呼び捨てにしろ、ということらしい。幼馴染以外の男の人を下の名前で呼ぶのは少し緊張するが、思いきって呼んでみる。

「伊吹……は、傷が治ったら、ここを出ていっちゃうんですよね？　私みたいななんの面白味もない人間と話してくれるのは伊吹くらいなので、さび……」

恥ずかしさをごまかすために、ついでを装って彼の名前を呼んだのがいけなかった。出ていってほしくない、そんな気持ちがうっかり口をつき、すぐに唇を引き結ぶ。

でも、伊吹はすっと真顔になり、見逃してはくれなかった。

「寂しいのか」

「……っ」

本心を言い当てられ、喉まで『寂しいです』という言葉が出かかった。

素直に認めてしまったら、本当に離れがたくなってしまいそうで黙っていると……。

「こっちに来い」

返事をする前に伸ばされた腕が、私の首の後ろに回る。そのままそっと引き寄せられ、耳元で伊吹が囁いた。

「俺は血で血を洗う無益な争いに辟易していた。だが、お前が命を奪い合う以外の方法で、はぐれ鬼を救う道を示してくれた。お前は俺にとって特別な女だ。分かったら金輪際、〝私みたいな〟などと自分を卑下するな」

ずっと誰かの特別になりたかった。それが今この瞬間に叶ったなんて夢みたいだ。

「人間に真の名を告げたのは、お前が初めてだ。俺の名を忘れるなよ、小夜」

名を呼ばれた途端、とくんっと鼓動が跳ねる。生まれて初めて、この世界に生を受けたような感動が一気に押し寄せてきて、涙がぽろっと目尻からこぼれた。

伊吹は私の顔を見るや目を見張る。

「なぜ……泣いている」

うれしかったから。そう言えばよかったのに、私は伊吹の腕の中で首を横に振るしかなかった。

今なにかひと言でも発したら、声をあげて泣きじゃくってしまいそうで、伊吹の肩に顔を埋める。伊吹はそんな私の頭を撫でてくれていた。

「小夜、一年だ。一年、俺を待てるか」

「え……」

顔を上げると、伊吹は覚悟を決めたような面持ちをしていた。

「今、お前を攫うこともできるが、あやかしの住まう黄泉島は鬼以外、血気盛んなあやかしばかりがいる場所だ。俺が黄泉島を平定するまで待てるか？」

「本当に……私を連れていってくれるんですか？」

伊吹の瞳をじっと見つめる。

私が信じていないと思ったのか、伊吹は私の頭に手を載せた。

「ああ。不安なら、もっと明確な約束をお前にやる。お前が十六になったら、迎えに来よう」

「どうして、十六歳になったら、なんですか？」

「それが分からないところは、やはりまだ子供だな」

伊吹が頭をわしゃわしゃと撫でてくる。その仕草がくすぐったくて、私は再び真っ赤になっているだろう顔を伊吹の肩口に埋めた。

「お前はさながら、寂しがりやの兎みたいだな」

伊吹が笑う気配がした。そのとき、突然伊吹が私を懐深くに隠すように抱きしめる。

「い、伊吹？」

「視線を感じた。お前以外にこの場所を知る者はいるか？」

伊吹の目は荒屋の少しだけ開いた戸の外に鋭く向けられていた。伊吹の差し迫った空気にあてられ、言葉が喉にくっつきそうになったが、なんとか返事をする。

「知っている人はいるかもしれないけど、人が住めるような場所じゃないから、誰も来ないと……思います」

「そうか。だが、お前はもうここへ来ない方がいい。あやかしと関わっていると知れれば、お前にも危険が及ぶ」

「でも、まだ怪我が……食べるものも、どうするんですか？」

彼を心配しながら、心の大半を占めるのは離れたくないという自分都合の欲だ。

「心配するな。もうじき立たねばと思っていた。その時期が少し早まっただけだ」

伊吹は私の前髪を名残り惜しそうに撫で、ゆっくりと立ち上がると、壁に立てかけていた刀を腰に差した。

あれ……？　初めは頑なに手放さなかったのに、いつの間にか携帯しなくてもいいほど信頼されていたんだ。やっぱり、そばにいたい。離れたくない……。

「安心しろ、俺は約束を違えぬ。だからほら、とっとと行け」

手で追い払うようにしながらも、目元を和らげて見送ってくれる伊吹。私は寂しさを押しのけて笑みを返し、後ろ髪を引かれつつも荒屋を出る。

これ以上ここにいても、私は一緒には行けない。今の伊吹なら、きっとひとりでも逃げられる。むしろ私がいた方が彼のお荷物になってしまう。

別離の覚悟を決めて重たい足を前に踏み出したとき、「あそこだ！」とぞろぞろ村人たちが歩いてくるのが見えた。

――嘘っ、ここに伊吹がいることを知られた⁉

伊吹に知らせなければと振り返ると、すでに彼は外に出てきていた。

「遅かったか。いつもは人里に長居はしないんだがな。お前の飯が美味くてつい居座ってしまった」

「伊吹……」

切なげに微笑む伊吹に胸が締めつけられ、目に涙が滲む。

「また泣くのか」

仕方ないな、と言うように伊吹は私の下瞼を親指で拭う。その表情が優しくて、余計に涙が溢れた。

「そんなふうに泣かれると、お前を置いていけなくなる」

眉を下げて笑う伊吹に、私ははっとした。私が伊吹を引き止めただけ、伊吹は危険な目に遭うんだ。なら、めそめそしちゃ駄目だ。

私は手の甲でごしごしと目元を拭い、強い眼差しで伊吹を見上げる。すると伊吹は驚いたような顔をして、すぐに満足そうに頷いた。

「いい面構えだ。よく聞け、お前は俺に脅されたとでも言ってごまかせ」

「そ……そんなことできない！　初めてできた特別な人を売るなんて！」

ここまで強く誰かに意見したことはあっただろうか。

伊吹も虚を衝かれた様子で目を見張っている。

言葉にして確信した。私もこの人が特別なんだ。だから離れたくないし、一緒にいられないのは寂しい、裏切りたくないんだ。

「伊吹、ここから東の方に行くと、道は険しいけど小さな浜辺に出られます。心もとないかもしれませんが、そこに漁に使う小舟もいくつかあるので使ってください。黄泉島が島なら、どのみち海に出ないとだし、陸地より人が少なくて安全でしょう？」

「お前はどうするつもりだ」

「さっき伊吹が言ったように、あなたを悪者にしてうまくごまかします」

精一杯の強がりで笑えば、伊吹が私の真意を確かめるように見つめてくる。私は彼に背を向け、嘘を見破られる前に村人たちの元へ行こうとした。そのとき――。

「あっ……」

腕を引かれて後ろによろけた私は、そのまま伊吹の胸に収まった。背に彼の体温を感じていると、耳元に囁きが落ちてくる。

「必ず迎えに行く。お前を欲する男がいるのを決して忘れるな」

「はい、忘れません。きっと、きっと……迎えに来て」

瞼を閉じれば、涙が頬を伝う。その瞬間、背後から彼の気配が消えた。私はゆっくりと目を開け、抵抗せずに村人たちの前に出ていく。

「いた！　みんな、小夜があの荒屋で鬼を匿ってたのを見たの！　しかも、あの史上最悪の鬼、悪路王をよ！」

妹の刹那が私を指差して叫んだ。

ああ、そういうこと。伊吹が感じた視線は刹那のものだったんだ。

刹那は食事を作ったあと、私が頻繁に森に出かけるのを不審に思い、あとをつけてきたんだろう。それで村人たちに告げ口した。

皆に非難の目を向けられ、「鬼に惑わされたか！」「村に不吉を運ぶ疫病神め！」「今すぐどこかに閉じ込めろ！」と石を投げられる。

でも、私は伊吹を匿ったことを否定しなかった。

「この、恥知らずが！」

お母さんには頬を叩かれ、お父さんには薄汚れたものでも見るように見下ろされる。

「なんでこんなことをしたの、姉さん……」

刹那は涙を浮かべながら、村人たちの同情を誘っていた。

正隆も彼女に寄り添い、気まずそうに私から視線を逸らしている。

でも、不思議だ。罵られる惨めさや裏切られた悲しみ、ぶつけられる石の痛みがどうでもよくなるくらい、心は晴れやかだった。

あの人の心に私の存在を置いてもらえた。私を誰かの特別にしてくれた彼に恥じない選択をした。今の自分なら少しだけ好きになれそうだ。

村人たちに両腕を掴まれ、納屋まで引きずられていく。これから檻に閉じ込められるにもかかわらず、私は切なくも清々しい気持ちで青空を仰いでいた。


あれから一年の月日が経った。

鬼を助けた罰として、納屋に閉じ込められた私に許されたのは、最低限の食事と湯浴みだけ。この場所でただ息をしているだけの自分が腐らずにいられたのは、たったひとつの約束があったからだ。

十六になった私を迎えに来る。その意味を考えながら過ごしていたから、希望を失わずにいられた。世間知らずの私にその答えを教えてくれたのは、皮肉なことに妹だったが。

一刻前の話だ。

『姉さん、来年、私も十六になるの。正隆から夫婦になろうって言われたわ。姉さんのおかげよ』

刹那がこの汚い納屋を訪ねてくるのは、憂さ晴らしに私を罵りたいからか、自慢話をしたいからだ。今日はそのどちらもか、と心の疲弊に目を瞑って、この場を乗り切ることに決める。

『みんな、私は過ちを犯した姉さんを止めた勇気ある妹だって思ってる。自分を引き立てるのに利用しただけなのに、あははっ、おかしいわよね』

刹那は納屋の隅に座っている私を眺めて、楽しそうに肩を震わせた。

『かわいそうな姉さん』

刹那を見ているとつらい。刹那が本当に憐れんでいるのは、私ではなく自分自身だ。刹那が私を陥れようとするのは昔から、お父さんとお母さんの愛情を独占していたかったから。それが分かるのは、私にも刹那じゃなくて自分を見てほしいという気持ちが少なからずあったからだ。

でも、両親は子供を金のなる木くらいにしか思っていない。私たちは行為の果てに、ただ生まれてしまったものでしかないのだ。

だから刹那は自分はかわいそうな子なんかじゃないと、受け入れがたい感情を私に転嫁（てんか）することで心を守ろうとしてる。

『刹那、そんなふうに競わなくたって、お父さんとお母さんは刹那をいちばん大事にしてる。分かってるでしょう？』

お父さんとお母さんは子供を愛する親ではないけれど、ふたりが刹那を贔屓にしているのは間違いない。

私には半分、他所の男の血が流れているが、刹那は正真正銘ふたりの子。それだけで刹那は、十分ふたりの特別なのだ。

『姉さんがなんの話をしてるのか、さっぱり分からないんだけど。でも、ひとつだけはっきりしてるのは、私は村の女の子が憧れる正隆を許婚（いいなずけ）にできたけど、姉さんは老いるまでここでひとりぼっちだってこと』

そうやって、いつまでも愛情を欲していることを認めないまま、誰かのいちばんになるために誰かを蹴落として生きていくの？　刹那……。

十六になれば、だいたいの女子（おなご）が婚姻する。夫を手に入れて、果たして刹那の心は満たされるのだろうか。誰かの特別になりたい。その渇望が分かるだけに、怒りよりも悲しさで胸がひりついた。

「うわああっ、鬼だ！　鬼が出たぞ！」

記憶を辿っていた私は、ふいに外が騒がしくなったのに気づき、我に返る。

鬼……？　その言葉に胸を高鳴らせるのは、私だけだろう。

膝を抱えて座っていた私は、まさかと期待を膨らませて戸を見つめる。その瞬間、戸に大きく斜めに亀裂が入った。

「捜したぞ」

斬り壊された戸の向こうには、陽光を背に立つ男がいる。

白い草柄模様が入った橙（だいだい）の小袖、その上から着ている金の羽織紐（はおりひも）がついた茶色の羽織、金糸が織り込まれた角帯の上に穿いた紺袴。一年前とは見違えるほど立派な身なりだった。

「こんなところにいたのか、小夜」

彼は腰の赤茶色の鞘(さや)から抜き放たれた刀を手に、強く揺るぎない紅の瞳で私を見つめている。

ああ……約束を果たしに来てくれた。

鬼をはじめとしたあやかしは、途方もない時を生きると聞く。彼も一年前とまったく変わらない姿だった。

込み上げてくる歓喜に、言葉よりも先に涙があふれる。

「伊吹、様……」

「なぜ、急に様呼びになる。前のように呼び捨てにしないのか」

「でも……すごく立派な格好になってるから……偉く、なったんでしょう?」

前のように彼を呼びたい。けれど、今のみすぼらしい自分と彼は釣り合わない。

人と比べて足がすくんでしまうのは私の悪い癖だ。

でも、伊吹は私の望みをたやすく叶えてしまう。

「そうだとしても、勝手に距離をとっていいと許可した覚えはないぞ」

「あ……では、あの……伊吹」

恥ずかしさで俯きながら呼べば、伊吹はふっと柔らかい笑みを返してくれる。

「お前に呼ばれる名は格別だな」

同じだ……私も伊吹に初めて名前を呼ばれたとき、そんな感覚になったっけ。

伊吹は「で？」と怪訝そうに室内を見回した。

「お前はなぜ、このような場所にいる」

「それは……」

「まさか、俺を逃がしたからか？　俺に脅されたことにしなかったのか？　あれから、お前はずっとここに？」

真実を言えば、伊吹は気にする。でも、伊吹は追及をやめる気はないのだろう。話してくれと訴える瞳に、私は折れた。

「そうです。だけど、後悔してません。誰かがあなたを助けた私を否定しようと、私はあなたを裏切らなかった自分を初めて誇らしく思えたから」

「お前は……愚かしいほどに愛しい女だ」

ずかずかとこちらにやってきた伊吹が、私の腕を引いて立たせる。

「あっ……」

前のめりに倒れた私に待っていたのは、荒々しい抱擁。彼の熱情が服越しに伝わってくるようで、身も心も焼かれてしまいそうだ。

「あのとき、無理やりにでも攫うべきだった。お前さえ望むなら、この村を血の海に変えてやってもいいが」

冗談でないことは彼の発する殺気で嫌というほど分かる。

私はふるふると首を横に振り、その腕を軽く掴んで彼を見上げた。

「伊吹はもう人と争いたくないんでしょう？　だから、あやかしが理性を失って人を襲うわけじゃないって分かってもらうために、あやかしの世界を変えに行ったんですよね？　それなのに、ここで私のために人間の命を奪ってしまったら、あなたの努力が水の泡になってしまいます」

「では、お前は復讐を望まないと？」

「はい、望みません。あなたが来てくれたから、つらかったことは全部どうでもよくなっちゃいました」

泣き笑いを浮かべると、伊吹は焦れたように軽々と私を横抱きにした。

「わあっ！」

「ここで復讐をしてくれとお前が願うなら、叶えてやるつもりでいた。不遇な目に遭えば少なからず心が荒むものだが、お前は純粋なままだな」

伊吹は額を重ねてくる。彼の体温がじんわりと身体に沁み渡り、ほっとしていると、至近距離で見つめられた。

「十六で迎えに来る。大人の女になったお前なら、その意味はもう分かるな？」

「はい……伊吹」

「俺の嫁になれ。俺の道を光照らす唯一無二の女よ。共に生きよ。その命ある限り、ずっと俺のそばにいてくれ」

立派な身なりになった彼とは違い、私は汚れた薄青の着物姿。彼の隣に立つにふさわしい女ではないのかもしれない。でも、そばにいたい。

私は手櫛（てぐし）で髪を整え、笑みを浮かべながら返事をする。

「はい、私をあなたの妻にしてくださいませ」

この瞬間を待ちわびていたとばかりに、伊吹は弾けんばかりの笑みを返してくれた。


伊吹によって村から連れ出された私は、船で黄泉島に渡った。

黄泉島は鬼、妖狐（ようこ）、烏天狗（からすてんぐ）、絡新婦（じょろうぐも）の頭領がそれぞれの領地を統治して、人の営みを真似て生活しているそうだ。

私がやってきたのは鬼の領地にある立派な石垣に囲まれた内郭と、城下町を含む外郭から形成される城郭で、見張り番を置いた見附（みつけ）が数多く設けられている。

城には鬼の一族の臣下や侍女などが大勢働いており、今日から私もそこに住むのだと、伊吹が道すがら話してくれた。

「皆に紹介する、俺の嫁だ」

白い梅花柄の真っ赤な小袖、腰に締めた山吹色の太い帯、腕に引っかけるように羽織った金の梅花が刺繍された打掛。上質な絹の着物に着替えさせられた私は立派な床の間の最も奥、一段高い上段の間に城主である伊吹と並び、座っている。

目の前にある二の間、三の間、四の間には鬼の一族の面々がおり、身分が高いほど城主に近い場所に座れるのだそうだ。

「鬼の一族の頭領が脆弱な人間の娘を娶るなど、何事だ？」

重臣たちがひそひそ囁いているのが聞こえる。

「あやかし四頭領の頂点に立つ伊吹様のことだ。やむを得ん事情があるのだろう」

「気の迷いではないか？　祝言も挙げていないのだ。あの娘を軽んじているのは間違いない。いつか飽いて捨てられるのが目に見えている」

どよめく重臣たちに肩身が狭くなっていく。

自分の気持ちの赴くままに来てしまったけど……私、ここにいてもいいのかな。

見たことのない立派なお城、生まれて初めて身につけた綺麗な着物、私だけを見てくれる特別な旦那様。恵まれすぎて不安になる。伊吹が迎えに来てくれたのは私が見た夢で、実はまだあの納屋の中にいるんじゃないかと。

『共に生きよ』『そばにいてくれ』と伊吹は言ってくれた。けれど直接、好いていると想いを口にされたわけではない。重臣たちは私を歓迎していないし、伊吹に捨てられてしまったら、私にはもう帰る場所なんて……。

ほのかな焦りが胸を掠めて俯いていると、伊吹はガンッと鞘に収まったままの刀を畳の上に突き立てた。その瞬間、重心たちのざわめきが一斉にやむ。

「二度も言わせるな。我が妻への侮辱は許さん。小夜のことは、俺の命と思い守れ」

有無を言わさない頭領の圧に重臣らは息を呑む。そんな彼らを意に介していない様子で伊吹はこちらに向き直り、あろうことか重臣たちの眼前で私を抱き上げた。

「あっ、伊吹？」

戸惑いながら呼べば、伊吹は厳しい表情を瞬く間に緩め、ふっと笑む。

「今日からここがお前の家だ。とはいえ、黄泉島にはあやかししかいないからな。人間のお前には、危険な場所に変わりない。極力、俺から離れるな」

「は、はい！」

私は伊吹の首に腕を回して、ひしっとしがみつく。

「……っ、そういう意味ではなかったんだがな」

ぶつぶつと呟きながら伊吹は私をぎゅっと抱きしめる。その顔は見えなかったが、伊吹の耳はほんのり赤かった。

「さっそくで悪いが、俺には頭領の仕事がある。お前も付き合え」

伊吹はなぜかこちらを見ずに言うと、私を広間から連れ出した。

墨汁の入った硯に細筆をつけ、文字を綴る音が室内に響いている。伊吹は私を仕事部屋に連れていくと、文机にかじりついたきり黙々と書状をしたためていた。

ひ、暇だ……。手持ち無沙汰の私は、正座をして伊吹を見守っているだけなのだ。

私、ただここにいるだけでいいのかな？　なにか手伝えればいいんだけど、仕事の邪魔はしたくないし……声はかけづらい。

ひとりでそわそわしていると、ふいに伊吹の手に墨がついているのに気づいた。

本人は気づいていないのか、それとも気にも留めていないのか、そのまま真剣な面持ちで仕事をしている。

私は懐から手ぬぐいを取り出し、静かにそばに寄る。その気配をいち早く察知した伊吹が「小夜？」と振り向いた。

あわあわとしつつも、思いきって伊吹の手を取り、その甲についた墨をぬぐう。

「……！」

伊吹は驚いた様子で目を丸くした。

「勝手なことをして、ごめんなさい。でも、ただじっと待っているのは落ち着かなくて……ささやかながら、お力になりたく……」

「……っ、ささやかなどではない。俺には極上の褒美だ」

片手で口元を押さえ、深く息を吐きながらうなだれる伊吹に、私は目を瞬かせる。

「力になりたいというその気持ちだけで舞い上がりそうになる。ずっと、こうしてお前と過ごせる日を想像していたからな。にやけるのをこらえるのが難しい」

だから口元を手で隠していたのだと分かり、私もつられてにやけそうになる。胸を両手で押さえて、抱きついてしまいたい衝動を必死に抑えた。

「だが、これ以上情けないところを見せるわけには……」

「そんなっ、伊吹はいつでも格好いいです！」

初めて出会ったときも、私を迎えに来てくれたときも、いつだって。

素直な気持ちを伝えれば、伊吹は目元を赤らめながら、しどろもどろに答える。

「だ、だが……俺とお前が出会ってから重ねた時間はわずかだ。互いに知らぬこともまだあるだろう。特に俺は綺麗な生き方もしていないからな。これから俺を知るうちに、愛想を尽かされやしないかと常に恐れている」

命に関わるような傷を負っていたときでさえ刀を手放さずに殺気立っていた彼が、私に嫌われるのを恐れているなんて意外だった。

「私も人に好かれるようななにかを持ってるわけじゃないので……その不安、分かります。誰の記憶にも残らない、道端で行き倒れていても気にしてもらえない、なんてことない存在でしかなかったですから。でも、あなたが私を見つけてくれた」

彼と再会するまでの思い出が蘇り、温かい涙が目ににじむのを感じながら笑う。

「伊吹がどんなふうに生きてきたのかは分かりません。でも、伊吹は私を欲しいって望んでくれた。どれほどうれしかったか……なので私があなたを嫌うことはな……」

伊吹は筆を置くと、たまらずといった様子で私の手首を掴み、そのまま自分の方へ引き寄せた。その胸に抱かれた私は、驚きのあまり呼吸を忘れる。

「俺と出会ったせいで、一年も納屋に閉じ込められたのにか？」

苦しげな伊吹の声に、胸がきゅっと締めつけられる。

「自分のためなら耐えられなかったと思います。でも、あなたに求められた命だから守らないとって、不思議と気を強く持てたんです」

素直な心を告げれば、伊吹は切なげな眼差しを向けてくる。

「もし、迎えに行ったお前がもうこの世にいないと知れば、俺は底なしの絶望を味わっただろう」

「伊吹を悲しませずに済んでよかったです」

微笑むと、伊吹は心奪われたように私に見入っていた。

「俺のために生きてくれただけでも、お前が愛おしくて仕方ないというのに……その上、俺を悲しませずに済んだと健気に笑うのか。俺の心をこんなにも奪ったんだ、もう手放してやれない。一生俺のものだ、覚悟しろ」

「お、俺のものって……」

赤くなる私の顔を見た伊吹は、満悦らしい笑みを浮かべる。

「お前を虐げた者どもは愚かだ。俺にとって血の繋がりや種の違いは重要ではない。俺の人生になくてはならない存在かどうか、それがお前を妻に選んだ理由だ」

包み隠さず心を見せてくれる伊吹に、やっぱりこの人に愛想を尽かすことなんてありえないと確信する。

伊吹はこれまで、同胞を傷つけた人間をその刀で斬ってきたのだろう。その容赦のなさを恐ろしくも好ましく思う。

誰にも必要とされなかった私に特別な〝妻〟という居場所をくれたたったひとりの夫を、どうして嫌えるだろう。

「伊吹、私はあなたのものです。だから、あなたも私のものだといいな、なんて……」

「気づいてなかったのか？　俺のすべては、とっくにお前のものだ」

断言してくれる伊吹に「へへ……」と笑う。胸がいっぱいになり、瞳に溜まっていた涙が静かに頬を伝った。

「教えてやる。この涙も俺のものだ」

骨ばった指先で、私の涙をぬぐっていく伊吹をじっと見つめる。

私だけの特別な居場所、欲しい言葉、誰かのぬくもり、綺麗な家に着物……私は伊吹にもらってばかりだ。それに甘えてばかりはいられない。それこそ愛想尽かされて、伊吹のそばにいられなくなってしまうかも。私も伊吹の役に立たないと。でも、私になにができるだろう。

「おい、入るぞ、伊吹」

悩んでいると、紅い瞳に薄青の髪をした男が仕事部屋に入ってきた。

伊吹の前に胡坐をかいた男は見た目だけでいえば十八かそこらだが、瞳の色からするに鬼なので、実際はもっと年上だろう。

「町で子鬼攫いが起きてるって報告が――」

彼はそう言いながら、私にちらりと視線をやり、露骨に眉を寄せる。

「仕事場に女を、それも人間を連れ込むのやめろよな。他の家臣に示しがつかねえ」

「志清、小夜は俺の妻だ。ましてや城に来たばかりでひとりになどできん。心細い思いをさせるわけにはいかない。そもそも女が人間がなどと線引きをするな。小夜は小夜だ」

小夜は小夜……。

家族と半分血が繋がっていないと知ってから、疎外感が消えなかった。おそらく血が繋がっていても、あの人たちとは家族にはなれなかっただろう。

だから私は私、それだけでいいのだと言ってもらえた気がして胸が高鳴った。

「はあ……そこの女のこととなると、お前ちょっと面倒くさいぞ」

志清と呼ばれた男は自身の髪を片手でわしゃわしゃとかき混ぜ、私を睨み据える。

「伊吹の仕事の大半は黄泉島で起きてる問題を解決することだ。なんせ一年で平定したからな、あやかし同士の揉め事が絶えねえんだ」

急いで黄泉島を平定したのは、私のため？

伊吹を見ると、そうだとばかりに曇りなく笑う。無理をさせた申し訳なさもあるけれど、それ以上に喜びが勝った。

私たちの無言の応酬に気づいていない志清さんは、半ば愚痴るように話し続ける。

「だいたいな、あやかしの中でいちばん力がある鬼なんだ。わざわざ他のあやかしの頭領に同族で争わないよう協定なんか結ばせないで、ひとりで黄泉島を牛耳っちまえば楽なのによ」

「そう言うな、志清。俺は満身創痍の中、小夜に出会って知ったのだ。戦わなくとも、種族が違えど、分かり合える者もいると」

それが、伊吹が私を唯一無二の存在だと認めてくれる理由なのだと分かる。

「お前が満身創痍になったのは、俺たちに黙ってひとりではぐれあやかしを助けに行っちまうからだろ。いくら俺たちを危険に晒したくねえからって無謀もいいとこだ」

志清さんは腕を組み、ぶつぶつと文句を垂れている。

「もうしない、ひとりでできることには限りがあると気づいたからな」

「だからって、結束するのは鬼の一族だけでいいじゃねえか」

どうやら志清さんは人間だけでなく、鬼以外のあやかしとつるむのも反対らしい。

「今は仲間内で争っている場合ではない。人間との対立は続いている。万が一攻め入られたときのために手を取り合い、戦えぬあやかしたちを守らねばならん」

出会った頃の伊吹は、ひとりではぐれあやかしを助けに行って、ぼろぼろになっていた。仲間と協力してくれるなら、伊吹があの日のように深い傷を負うことも減るはずだ。私としてはそちらの方が安心する。

「はいはい、分かった分かった。初めは理想論だと思ってたんだがな、お前が帰ってきてから一年、本当にあやかしをまとめちまうんだから、降参するしかねえよ」

文句を言いつつも、志清さんが伊吹を認めているのが分かる。

「ま、小さな……つか、人間からしたら災害級の喧嘩(けんか)はあちこちで起きてるけどな。見回りをするあやかし検非違使(けびいし)の数が足りねぇ足りねぇ」

「検非違使が黄泉島にもいるんですね」

私の疑問に答えてくれたのは、伊吹だった。

「人間を理解するために、人間の世の政(まつりごと)を真似たからな」

へえ、と興味を惹かれながら聞いていると、志清さんが声を大にして間に割り込んでくる。

「つまり、だ！　伊吹は、お前にかまってる暇はねえ。分かったか？」

こんなにもあからさまに敵意を向けられれば、嫌でも気づく。私は伊吹にとって邪魔な存在だと思われているのだ。

「そもそも、なんで伊吹なんだ？　人間のあんたには理解できねえかもしれねえが、実力主義のあやかしが頭領になるってことは、それだけ同族を叩きのめしたってことなんだよ。何人かは死んだかもな。はぐれあやかしを助けるために人間も殺った。それを知っても、お前は鬼の妻になったか？」

鬼の頭領になった経緯は初めて聞いた。伊吹は自分から話すつもりだったのか、予期せず暴露され、硬い表情を浮かべていた。

「正直、殺したと聞いて衝撃を受けないかと言われれば嘘になります。だけど、伊吹は自分を知られるのが怖いって言ったんです。このことだったんですね」

伊吹に視線を向ければ、答えを聞くまでもなかった。嫌わないでほしい、怯える瞳にそう書いてある。

「私の知ってる伊吹は寂しいと言えば抱きしめてくれて、私がひどい目に遭えば自分のことのように怒ってくれる。過去がどうであれ、私が見てきた伊吹が消えるわけじゃない。だから答えは『はい』です。私の夫は伊吹しかいません」

目を逸らさずにはっきり告げれば、志清さんは面喰らった様子でわずかに身を仰け反らせた。

「小夜……」

安堵と喜びが複雑に交じったような笑みを向けてくる伊吹に、私も微笑み返す。

温かな空気がふたりの間に流れたとき、志清さんが咳払いをした。

「なるほどな、伊吹が選んだ嫁だけあって、芯はあるらしい。けどな、人間であることに違いはねえ。俺たちとは相容れない、そう思うやつらは大勢いるぞ。伊吹の隣に立つにふさわしい嫁になれなければ、俺もお前を認められねえ」

志清さんに厳しく諭された私は、神妙に頷いた。

志清さんの言う通りだ。ここが実力主義で認められる場所なら、私も皆に認められるようななにかを果たさないと、いつまでも仲間になれない。

「私、伊吹のことだけは簡単に諦められないので、頑張ります」

ぐっと両の拳を握りしめて強く頷いて見せれば、伊吹は「かわ……」となにかを言いかけ、慌てて自分の口を片手で覆う。

「危険が及ばない範囲で、ほ、ほどほどにな」

私から視線を逸らす伊吹の耳朶（みみたぶ）は微かに赤くなっており、志清さんはそれを横目に呆れていた。

自分にできる身近なことといえば、まずは夫に手料理を振る舞うことだろう。

安易ではあるけれど、幼い頃は料理を含めた雑用は自分の仕事だったので、いちばん自信があった私は伊吹から許可をもらって厨房にやってきたのだが……。

「火を起こすのも遅い、食材の名前も知らない、そんなんでどうやって料理を作ろうって言うんだい！」

菜切包丁を片手に目尻を吊り上げたのは、小太りで人間でいうところの四十かそこらの女鬼――曽野さんだ。

鬼は妖術でかまどに火をつけられるらしく、人間のように細木を平たい薪の上で回し、摩擦で火を起こしたりはしない。食材も珍妙な魚や肉、野菜ばかりで、どこが食べられるのか、どうさばくのか、想像がまったくつかないなんて想定外だった。

「も、申し訳――」

「伊吹様に言われて仕方なく厨房に入れたけど、あんたには料理なんて無理だね。ここは人間が来るところじゃないよ！」

どんっと身体を押され、私は厨房から追い出されてしまった。

あの食材からして、あやかしの世界の料理は人間の世界のものと違うんだろうな。

火の術なんて人間の私には使えないし……私、本当に役立たずだ……。

肩を落として廊下を歩いていると、少し先の柱の陰に誰かが立っていた。図体が大きいせいか、まったく隠れられていないが、こちらの様子をこそこそと窺っている。

私は自然とそちらに足が向き、柱の向こうを覗き込んだ。

「伊吹？　ここでなにをしてるんですか？」

「っ、ああ、散歩だ」

柱の陰で？

伊吹は、ばつが悪そうに後頭部に手を当てている。

心配で様子を見に来てくれたのだと容易に想像がついた。胸が温かくなり、ふふっと小さく笑うと、伊吹はますます顔を赤らめて苦い表情になる。

私は伊吹の着物の袖端を掴んで、ついついと引っ張った。

「伊吹、私、新しい発見をしました。自分を見ていてくれる人がいるというのは、こんなにも心が満たされるものなんですね！」

ついはしゃいでしまうと、伊吹が目元を赤らめながら「……っ」と後ずさる。

「そ……そうだ。俺はいつでもお前を見守っているゆえ、悩みがあるならば話せ。力になる」

圧倒的な凄みで重臣たちを従えている伊吹は、私への気持ちを語るときだけ雄弁になり、表情に素をにじませる。

意外と照れ屋なところも新鮮で、私はますます伊吹に惹かれた。

「俺に話しにくいなら、志清を呼ぶか？　あいつは俺の弟みたいなものでな、あれでいて面倒見はいい。同性がいいなら、すぐにお前付きの侍女を――」

「いいえ、伊吹に聞いてほしいです」

言葉を遮って、はっきり伝えると、伊吹はうれしそうに頬を緩める。

「ならば、ここに座れ」

伊吹に促されるまま、ふたりで縁側に腰かける。

私が改めて厨房での出来事を話すと、伊吹はなるほどなと頷いた。

「大前提として、お前はあやかしではない。火術を使えなくとも仕方がないだろう。ゆえに、俺たちと同じやり方でなにかを成そうとしなくていい」

「でも、火を起こすだけで時間がかかってしまって……伊吹の役に立ちたいのに、うまくいかないものですね……」

「俺のため……だったのか？」

私が「はい」と情けない声で返すと、伊吹は俯き、なぜか震え出した。

「俺の妻はいじらしすぎる……頭領としての威厳を保てる自信が……」

ひとりでなにかと葛藤している伊吹に、小首を傾げていると。

伊吹はまっすぐに私を見つめた。

「小夜、俺はお前の気持ちがうれしい。例えば、あの握り飯だ」

「あの握り飯って、納屋にいる伊吹に差し入れたおにぎりのこと?」

「そうだ。あれを美味いと感じたのは、お前が俺のために作ってくれた料理だったからだ。この小さな手で、お前が一生懸命、俺の命を繋ぎ止めようとしてくれたのが分かったからな」

伊吹は私の手を取り、甲に唇を押しつける。その瞬間、胸がはちきれんばかりに、どくんと音を立てた。

「あやかしの世の料理にこだわらなくともいい。お前が心を込めて作ったものを、俺は欲している」

「伊吹……」

そうか、大切なのは口に合う料理でも、素早く提供される料理でもなくて、込める心だったんだ。伊吹といるために、ここで自分の価値を作らなくてはと意気込むあまり、いちばん大事なことを見落としていた。

「それに、鬼は実力主義だ。どんなに時間や手間がかかろうが、味がよければ厨房のやつらも納得する。思い詰めず挑戦を楽しめ、小夜」

楽しむ……私、ちょっと力みすぎてたのかな。ここには私が失敗しても鍬を振り上げたり、罵倒したり、貶める人はいないんだ。

その事実に改めて気づき、ふっと肩の力が抜ける。

「伊吹、私、あなたの頬っぺたが落ちそうになるような料理を作ってみせます！」

「その調子だ」

伊吹は私の頭を撫でる。

「相談に乗ってくださって、ありがとうございました。さっきまで伊吹のお役に立てないかもって落ち込んでたから、目の前が一気に開けた気分です！」

やっと笑った私を、伊吹は温かな眼差しで見守ってくれていた。

「お前は俺が認めた唯一無二の女だ。役に立てないなどと自分を卑下するな。もっと自信を持て」

「伊吹に褒められると調子に乗ってしまいそうなので、あまり甘やかさないでください」

手放しで賞賛されるのは、どうにも落ち着かない。

目を伏せてもじもじしていると、伊吹の指が私の頤を持ち上げる。

「ならば、うまくいったらとことんお前を甘やかそう」

私を見つめる伊吹の瞳に熱が混じった気がして、咄嗟に俯いてしまった。

今の伊吹の視線は心臓によろしくない。

「あの……これからも、ときどきでいいので、相談に乗っていただけますか？」

「俺はお前の夫だ。この先、長い時を共にするのだろう？　いつでも話せ。お前が悩んでいるとき、そばにいるのは俺でありたい」

握り合う手に自然と力がこもる。まるでそこから勇気を注ぎ込まれるようで、私の背筋は自然と伸びていた。


伊吹に勇気をもらった私は厨房に戻り、曽野さんたちに睨まれても調理台の前に立った。

自分なりのやり方でかまどに火を起こし、見たことも食したこともない食材を試食する。そうして人間の世界の料理に近づけて作ってみるの繰り返し。

『あーあ、食材の無駄だよ』

得体の知れないものを作る私に、曽野さんたちは悪態をついていたけれど、鬼は実力主義なので結果で納得させるしかない。

めげずに人間の世界のものと味が近い調味料を使って、二股の歩く人参や大根、うめく貝でお味噌汁を作ったり、毒抜きをしないと笑いが止まらなくなる茸や甘い芋、人面魚を天ぷらにしてみたりした。

ときどき想像と違うものができあがったけれど、段々とコツを掴んできて茶碗蒸し風の料理も作れるようになった。

『夜の宴で、他の鬼たちにも振る舞ってみろ』

料理が形になっていくと、伊吹からそう命じられた。てっきり伊吹だけに食べてもらうつもりで作っていたので、思わぬ試練にはらはらしながら宴の席につくこととなった。箸を口に運ぶ伊吹を隣で固唾を呑んで見守っていると……。

「……美味い」

天ぷらをかじった伊吹が目を見張る。彼だけでなく他の重臣たちも「なんだ、このサクサクした食感は！」「おお、面白い食感だ！」「美味い！」と好評だった。

「お前たちも食してみろ」

むっとしている曽野さんたちに、伊吹は自分の膳を差し出す。

頭領の命には逆らえないのか、不本意そうな顔で私の料理を口にした彼女たちは目を輝かせた。

「美味しい……同じ食材を使ってたのに信じられないよ！」

厨房の女鬼たちが感動しながら、私を取り囲む。

突然のことにおろおろしていると、曽野さんが勢いよく私の両手を握った。

「あんた、他にも変わった料理が作れるのかい!?」

「え？　えと、人間の世界の料理でしたら……」

「今度から、あんたも厨房に手伝いに入っておくれよ。目新しい料理を作るためには、あんたの奇抜さは必要不可欠さ！　伊吹様、いいだろう？」

がらりと変わった厨房の女鬼たちの態度についていけずにいる私の隣で、伊吹は誇らしげだった。

「小夜、必ず一品はお前の料理を膳に入れたい。できれば、厨房の女鬼たちと新作を一緒に考えてもらえると助かる。お前たちも、それを望んでいるだろう？」

伊吹が問えば、人間の嫁を迎えるのに不服そうだった重臣たちも気まずそうに頷く。

私を蔑む人たちの心は変えられない。だって、私は人に尊敬されたり、羨まれるような人間じゃないから……そう思ってた。

でも、違うんだ。私を知ってもらえるように努力すれば、こんな私のことも好きになってくれる人もいる。それを伊吹が教えてくれた。

〝自分なんて〟と理解されるのを諦めてきたのは私。そういう自分を誰が好きになるだろう。こんな自分、伊吹よりも先に私が愛想を尽かす。

これからは少しずつ、一歩一歩でいい。意気地なしの私から変わりたい。

彼らと仲間になれるように、自分にできることを積み重ねていこう。

「私でよろしければ、喜んで」

決意を密かに固めながら、私は伊吹の笑みに背を押されるようにして、曽野さんたちに応えた。

　無事に厨房の曽野さんたちに認められた私は月見に誘ってくれた伊吹と、天守を囲む縁側——廻縁（まわりえん）にいた。

　風が吹くたびに身を縮こまらせていると、私を後ろから抱きしめるように座っていた伊吹が顔を覗き込んでくる。

「寒いか？」

「いえ、伊吹がこうしててくれるから、あったかいです」

　胸の前に回った逞しい腕に触れれば、伊吹がさらに身を寄せてくる。

「ならば、怖いのか？　だが、安心しろ。どんなものからも俺が守る」

「ありがとうございます。こんなに高い所に登ったのは初めてで、ちょっと驚いたけど、夜の黄泉島は行灯（あんどん）や提灯（ちょうちん）が優しく灯っていて綺麗です」

　高欄（こうらん）越しに広がる黄泉島の町並みは、長屋のような建物や大路小路がたくさんあり、市が開かれていて噂に聞く人の世界の都を彷彿（ほうふつ）とさせた。

「お前が変えたこの世を見せてやりたくてな。互いの領地を取り合う血気盛んなあやかしが今では茶屋で休み、漁をして魚を売り、平和に生きている」

　酒の杯を傾けながら、眼下の黄泉島を眺めている伊吹の髪を夜風が静かに揺らしている。朝も昼も夜も伊吹は綺麗で、私は何度も視線を奪われてしまう。

「どうした？」

視線に気づいて、伊吹が首を傾ける仕草にすらときめく私は重症だ。

「あ……えと、私ではなくて伊吹がこの島を変えたんですよって言いたくて。でも、私たちが出会ったことがこの島の平和に繋がったなら、それはそれでうれしいです」

たったの一年でここまで黄泉島を繁栄させるのは並大抵の努力では到底実現しなかっただろう。私は伊吹を労いたくて、彼の杯に酒をついだ。

「お前がついでくれた酒だと思うと、いくらでも飲めそうだ」

伊吹は一気に酒を飲み干し、おかわりをせがむように杯を持ち上げた。

求められるままに酌をしながら、私は問う。

「今日のお礼をしたいんですけど、なにか欲しいものはありますか？」

「欲しいもの、か……」

伊吹の身体がぐらりと揺れる。

「飲みすぎでは？　もうやめた方が……」

こぼれそうな杯を受け取ろうとしたとき、ぐるりと世界が回った。

どさっと背中が硬い床にぶつかり、気づけば視界には少しだけ近づいた月と、夜空と、愛しい夫の熱に浮かされたような顔がある。

からんっと持っていた杯が落ち、私の手の甲に酒がかかった。伊吹は私の手を持ち上げ、腕の方にまで伝っていく酒を熱い舌ですくう。

「ひやっ」

かっと頬が熱くなる。腕を引っ込めようとするも、伊吹は離してくれない。心臓が壊れてしまいそうなほど脈打っていた。

「よ、酔ってるんですか？」

私を押し倒している彼を見上げることしかできないでいると、その顔がはっと驚きの色を浮かべた。

「あ……す、すまない。怖がらせたな」

震える私を、伊吹はぎゅっと抱きしめる。

「お前は細くて、小さくて、力の加減を間違えれば壊れてしまいそうだ」

「えと、怖かったから震えてたわけでは……」

「違うのか？」

伊吹は少しだけ身体を離し、不安げに私を見つめてくる。

本当のことを話すのは恥ずかしいけれど、勘違いさせたまま伊吹が悩んでしまうのは嫌だ。

私を意を決して白状する。

「いきなりで驚いたのと……ど、どきどきして……」

予想と違った回答だったのか、伊吹は「ん？」と呆気にとられた顔になる。

私は身体がかあっと燃えるように熱くなるのを感じながら、言葉を紡いでいく。

「伊吹の力は強くて、この腕の中にいると世界のどこよりも安心できる気がするし、でも逃げたいような……うう、もうどうしたらいいのって、なってしまうんです」

両手で頬を押さえると、伊吹の笑みがふっと私の前髪をくすぐった。

「耳朶まで真っ赤だ。そうか、照れていただけならいい」

普段は剣を握る伊吹の指が、優しく私の耳朶を撫でる。

「わ、な、なに!?」

甘い痺れが触れられたところからじわじわと広がり、私は伊吹を見上げた。

「目が潤んでいる」

「それは恥ずかしくて……」

目元を指先でなぞる伊吹から、視線を逸らす。どきどきして、もう伊吹を見ていられそうにない。

「小夜、黄泉島に来たこと、後悔していないか？」

私は「え？」と伊吹に視線を戻す。

「お前は優しいからな。お前を求める俺の気持ちを汲んで、嫁になったのではないか？」

「そんなわけ……」

ないと断言するはずが、伊吹の憂いを帯びた表情を前にしたら声が出なかった。

伊吹を不安にさせてるのは……私？

「だが、お前は俺の役に立ちたがるだろう。お前がただそばにいてくれれば、俺はそれで十分だというのに」

彼の切なさが私の胸にも流れ込んでくるようで苦しい。

私だって、伊吹のそばにいることしか望んでないのに。

「お前は家族に必要とされなかったせいで、無意識に役に立たねば捨てられると思っているのではないか？　もしそうなら、俺と夫婦になったのは、俺の願いを叶えるためだったのではないかと……」

「それは絶対に違います！」

大きな声をあげた私に、伊吹が目を瞬かせる。

伊吹を不安にさせたのは私だ。ちゃんと私の気持ちを伝えないと。

「家族や村の人たちは鬼を助けた私を責めました。でも、鬼の一族の皆さんは人間の私が作った料理を美味しいって食べてくれた。ここでは鬼も人も血縁も関係なくて、中身を見て判断してくれる。人間の世界より、ずっと生きやすいです」

私はまっすぐ伊吹を見つめ、改めて告げる。

「伊吹、黄泉島に連れてきてくれて、ありがとうございます。おかげで、初めて息ができた気がします」

驚きのあまり言葉が出てこない様子の伊吹に構わず、私は続ける。

「それに、私は優しくなんてない。我儘なんです。捨てられるのが怖いのは本当ですけど、なにがなんでも伊吹のお嫁さんでいたいって気持ちの方が強くて、だから役に立ちたいって焦ってしまうんです」

ここまで言っても無反応な伊吹に痺れを切らした私は、その顔を両手で包み込んだ。

「いいですか？　私が伊吹のお嫁さんになりたいって望んだんですよ？」

むっとしながら念を押せば、伊吹は息を呑んだ。

「……っ、俺が悪かった。酒のせいでいらんことまで口走った。だが、驚いた。お前がここまで熱烈に、俺への想いを語ってくれるとはな」

伊吹は頬を染めながら、参ったというように笑っている。

「そ、それは当然です。伊吹を安心させたかったから……」

ぶつぶつ釈明していると、伊吹は「無自覚というのは恐ろしいな」と漏らし、頬をすり寄せてくる。

「小夜が黄泉島に来てよかったと、そう思えるような場所にする。だから、ずっとここに……俺と共にいてくれ」

「私の方こそ、ずっとおそばにいさせてください！」

伊吹の首に腕を回して、ぎゅっとしがみつく。

「っと……ふっ、そうやって、もっと甘えてくれ。お前には今まで甘えられる人間がいなかっただろう。つらいことがあっても、ひとりで耐えてきたのが目に浮かぶ。だが、もう俺がいる。遠慮はなしだ」

伊吹が柔らかな表情で私の頬を撫でる。

「では、伊吹も甘えてください。さっきみたいに不安になったら、話してほしいんです。ここに来る前の私みたいに、ひとりで耐えてほしくないから」

「約束する。先ほどのようにお前を怒らせて、離縁したいなどと言われたら命が縮まるからな」

「そんな、離縁なんて！　そんなことになったら、私も死んでしまいます！」

すがるように伊吹の手を握ると、指を絡めるように握り直された。

「それは困る。できるだけ長く、俺のために生きろ。いいな？」

伊吹は繋いだ手に力を込め、私の頬に口づけた。

顔から火が出そうになったが、気持ちに応えたくて返事をする。

「はい……約束します」

「ふっ、約束が増えていくな」

伊吹が笑うと、彼の背に浮かんでいる星も一緒になって瞬いたように見えた。

「旦那様との約束が増えるのはうれしいです」

「っ、旦那様……か。いい響きだ。参ったな、語彙力に欠けている自覚はあるが、俺の嫁は可愛い。ずっと眺めていられる」

普段の伊吹からは想像できないほど、赤裸々に私への想いを語る。

「な、眺めるなら月や星でお願いします」

「お前がそばにいるのに、お前を見ないでどうする。特に今みたいに照れているお前の表情が俺はいちばん好……いや、俺はなにを言っている？」

伊吹は失言だったとばかりに、わざとらしく咳払いをした。

「ここでの生活が落ち着いたら、祝言を挙げないか」

「祝言を？　でも、伊吹は忙しいですよね？　無理にしなくても、私はこうして一緒にいられるだけで十分です」

負担をかけたくない一心だったのだが、伊吹は照れながら少し怒った様子で言う。

「ふざけるな。お前の婚礼衣装が見たい。祝言を挙げなければ、初夜も迎えられないだろう。一生お前に触れられないなど耐えられん。論外だ」

しょ、初夜？　もう全身が茹で上がりそうだ。

伊吹はむしろ祝言を挙げたかったらしい。いらない気を回してしまった。

「す、すみません。私も挙げたいです、伊吹さえよければ……」

「いいに決まっている。だが、俺たちが過ごした時間は少ない。祝言を挙げるのは小夜の気持ちがもっと育ってからでも構わん。あまり待ってはやれそうにないが、お前の心がもっと俺に向いてからでいい」

私はもう十分、伊吹を想ってる。今すぐにでも本当の妻にしてほしいと思ってるけど、大事なことだもの。急いで決めるべきじゃない。

「それでいつか、小夜のすべてをもらう。その権利をお前から得るのが当面の目標だ」

伊吹の挑戦的な笑みに心をかっさらわれた。酒の臭いと伊吹の色気が混ざり合い、胸の奥が痺れる。伊吹の瞳を見ていられなくなった私は身をよじった。

「なぜ照れる。お前はもう大人の女だろう」

「からかってますね？」

「ああ、可愛いお前が見られるからな。お前相手だと、威厳などどうでもよくなってしまう」

愛おしむような眼差しがくすぐったい。

伊吹は懐から桜の花飾りがついた簪（かんざし）を取り出すと、すっと私の髪に差した。

「お前を迎えに行くまでの一年間、この黄泉島の平定に駆けずり回っている最中に見つけた簪だ。儚く散るも、その記憶に色鮮やかに残る様がお前に似合うと思ってな」

「私を想って選んでくださったのですか？　こんな心のこもった贈り物をもらうのは、生まれて初めてです」

簪に触れながら笑えば、伊吹も満足げに私の頬を指先でくすぐるように撫でる。

「あの、私、もらってばかりで申し訳ないです。今日のことも、なにかお礼がしたいのですが……」

簪だけでなく、身に着けている着物もすべて伊吹がくれたものだ。手持ちのお金はないので、労働で返すのはどうだろう。

「厨房で働かせていただくとか、廊下の拭き掃除も得意ですよ！」

思いつくまま懇願すれば、伊吹は若干呆れ気味に黙る。だがやがて閃いたかのように、にやりと口端を上げた。

「ならば遠慮なく、その礼とやらをもらうことにする」

白い柔らかな光を瞼越しに感じて、意識が浮上する。ゆっくり瞼を開くと、間近に規則正しい寝息を立てる旦那様がいた。私は、ついあげそうになった声を呑み込む。

お、思い出した……。

伊吹が私にねだったお礼は添い寝だった。恥ずかしくて絶対寝られないと思っていたのに、いざ彼の腕の中で目をつぶってしまえば羞恥心よりも安心の方が勝って、いつの間にか眠りについていた。

抱き枕みたいに私に手足を絡めている伊吹は、目覚める気配すらない。

伊吹も、私のそばで居心地のよさを感じてくれていたらいい。そんなふうに思いながら伊吹の寝顔を眺めていたら、その瞼が億劫そうにうっすらと開く。

「ん……小夜……？」

「はい、おはようございます、伊吹」

「旦那様……だ」

じとりとこちらを見据える伊吹に、私は「え？」と目を瞬かせる。

「旦那様と……呼べ。それから敬語も……やめろ。俺はお前の夫、なんだぞ……」

寝ぼけているのか、つたない口調が可愛い。私の旦那様は朝に弱いらしい。

知らない夫の一面を知って、密かにときめいていると、伊吹がずいっと顔を近づけてくる。

「小夜……」

妙に幼く、舌にもつれる甘たるい彼の声に抗えるはずもなく、私は腹を括った。

「だ、旦那様」

恥じらいを少しでも逃がすために目を伏せて呼ぶ。

伊吹はふにゃりと幸福そうな笑みを浮かべた。頑張った甲斐はあったようだ。

こんなに喜んでくれるのなら、いくらでも呼んであげたい。

「旦那様、朝ですよ。お仕事に行く準備をしないと」

「んー……そう、だな。今日は町に行って……行方不明になっている子鬼たちの調査を……しないと、ならない……」

伊吹は寝ぼけながら、掠れた声で説明してくれる。

子鬼がいなくなってるなんて、物騒なのは人間の世界だけじゃないんだ。

「あの、旦那様？　お邪魔じゃなければ、その仕事をそばで見させてもらってもいいですか？　知りたいんです、旦那様が黄泉島のためにしてることを」

「お前の気持ちはうれしいが、お前まで攫われたらどうする」

はっきりとした回答が返ってきた。伊吹はようやく覚醒したらしい。

「おはよう、旦那様」

「……っ、寝ぼけていたとはいえ、俺はなんてことを口走ったんだ。まあ、夢でなくてよかった。お前にそう呼ばれるのも、砕けた口調も、お前を身近に感じていいな」

言われて初めて気づく。いつの間にか敬語を忘れていたことに。

私は口元を押さえ、首をすぼめる。

「すみません、馴れ馴れしくしてしまって」

「なにを言う。俺たちは夫婦だぞ、自然体のお前をもっと見せてくれ。それと……」

伊吹に引き寄せられる。

私が「わっ」と声をあげたときには、懐深くに抱き込まれていた。

「わざわざ危険に飛び込むな」

「でも、力になりたいの。旦那様の悩みが仕事だったとき、その仕事のことを理解していないと相談に乗ることもできないから……」

伊吹は私を見つめて一時停止したあと、「はあああっ」とため息をついた。

「朝から、どうして俺の嫁はこんなに可愛いんだ」

「えっ、いや、そんなことより！　急がないと志清さんに怒られちゃいますよ！」

照れ隠しに話題を変えたのは事実だが、このまま布団でのんびりしていたら『嫁が旦那の足を引っ張るな』と私も叱られてしまう。

「無理だな、布団から出られん。この癒しを手放して、どう仕事に行けと？」

「だ、旦那様。それでも起きないと……」

もう少し寝かせてあげたいし、私も一緒にいたいけれど、心を鬼にして起き上がる。

「旦那様、旦那様、お着替えも手伝います。美味しい朝食も作ります。だから起きて？」

伊吹は長考したあと、渋々といった様子で、むくりと身体を起こした。

「お前の朝食は魅力的だな。あのときの握り飯が食べたい。いいか？」

「はい、お味噌汁もつけますよ。だからまずは着替えましょう？」

私は立ち上がって、部屋の箪笥（たんす）の引き出しを開ける。そこに入っていた小袖を取り出し、伊吹の元へ戻ろうとしたのだが——。

「うわっ」

男物の着物は大きく、引きずっていた裾を踏んでしまう。前のめりに倒れ込む私を伊吹が即座に受け止めた。

「っと……あまり、ちょこちょこ動くな。それはそれで癒されるが……いや、そういう話ではない。怪我でもされたら困る。お前は鬼ほど頑丈にできていないだろう」

心配そうに私の顔を覗き込む伊吹に、私はうなだれた。

「う、うん。気をつけます。ごめんなさい」

「分かればいい。危険なことはするな。それが守れるならば調査に連れていってやる」

「あ……はいっ、約束する！　だから連れていってくださいっ、旦那様！」

喜びのあまり、伊吹の首に抱きつく。

伊吹は私を抱き留めると、「俺はお前に甘すぎるな」と苦笑交じりに呟いていた。

「わあ……」

町に出ると、着物を着たあやかしたちが露店に立って客を呼び込んでいた。昼間から酒肆（しゅし）で酒を飲み、騒いでいるあやかしまでいる。

ここは鬼の領地らしいのだが、鬼以外のあやかしもちらほら見かけた。

「どうした、怖いか？」

きょろきょろしていたからか、隣を歩いていた伊吹が気遣うように私を見る。

「あ、落ち着きがなくてすみません。見るものすべてが目新しくて、こんなにわくわくしたのは初めてです」

「お前は見かけによらず、好奇心旺盛だな。それが抑え込んできた本当のお前か」

はっとする。そっか、これが本当の私なんだ。ここに来てそんなに経っていないというのに、自分の感情が素直に表に出てくる。

「お前に見せたい景色が他にもたくさんある。連れていきたい場所もな。今度、お前の着物でも見に行こう。黄泉島の食事処もなかなかいけるぞ」

「はい、旦那様」

にっこりと笑い、自然と手を繋ぐと、後ろからため息が聞こえた。

「あんたら、周りの目が気にならねぇのか？」

調査に同行していた志清さんが呆れたように言う。そこでようやく、あやかしたちが私をちらちらと見ているのに気づいた。

「鬼の頭領が人間の嫁をもらったって噂、本当だったらしいな」

「なんだ、人間の捕虜か？」

「人間に捕まったはぐれあやかしもいるからな、交渉材料ってやつじゃねえか？」

ひそひそと訝しむ声が聞こえてきて、居心地が悪くなり俯いていると……。

「人間なんて初めて見たぞ。弱っちそうだなあ」

横から長い爪が生えた手が伸びてくる。

「きゃっ……」

小さく悲鳴をあげた私の肩を引き寄せ、伊吹は地を這うような声で言い放つ。

「俺の嫁に気安く触れるな」

目の前でぶわっと炎が弾け、手を伸ばした男鬼が「ぎゃっ」と叫びながら尻もちをついた。伊吹は私に触れようとした男鬼を射殺す勢いで睨み下ろす。

「も、申し訳ございません！」

男鬼は震え上がっていた。後ろにいた志清さんは「命知らずが」と呆れている。

「次はその腕、消し炭にするぞ。心しておけ」

そう吐き捨てるように言い、伊吹は私の手を引いて歩き出した。

「まだ、人間への理解は進んでいない。町を歩く際は、俺か志清を連れていけ」

前を向いたまま忠告する伊吹に、私は「は、はい」と深く頷いた。

「なんで俺が……俺は子守じゃねぇんだぞ。そもそも、人間と鬼が夫婦なんて釣り合わねえんだよ。だから物珍しくて、ちょっかい出されんだ」

げんなりしている志清さんに、私は肩をすぼめる。

やっぱり志清さんに嫌われてる……よね。仲良くなるためには認められないと。でも、非力な人間の私が天災級の鬼の喧嘩を止めるなんて無理だ。即死してしまう。

「志清、またその話か。釣り合うかどうかなど、周りの人間が決めることではない。俺が小夜を選んだ。俺が小夜でなければならないんだ。お前もそういう女に出会えば分かる」

ああ、いっそ鬼になれたらいいのに。伊吹と同じになれたら、隣にいても釣り合わないなんて言われないで済むのかな。

密かにため息をつくと、ふいに繋いだ手に力がこもった。

伊吹を見上げるも、平然と前を向いている。私といることをまったく恥じていないかのように胸を張って。

そうだ、伊吹と私が目指してるのは鬼とか人間とか関係なく一緒に生きられる世界だった。それなのに認められないことを鬼に生まれなかったせいにするなんて、自分から鬼と人は違うんだって諦めているようなものだ。

同じ鬼であっても、鬼の頭領である伊吹のそばにいられる者は数少ない。だからこそ、私はもっと努力しないと。堂々と伊吹の隣にいられるような私になるために。

夫を支えられる妻になるために、こうして伊吹の仕事を見に来たんだから。

気を取り直して顔を上げる。すると前から立派な着物を身に着けた男鬼が「伊吹様！」と手を挙げながら、やってきた。どうやら城の者のようだ。

「妖狐の頭領が城に来ております。すぐにお戻りを」

「あいつは……来訪を知らせる書状ひとつ出せんのか」

苦い顔をしつつも、その物言いには旧知の者に対する親しみがにじんでいた。

「悪いが、俺は城に戻る。小夜、お前は俺の仕事が見たいと言っていたが、妖狐の頭領との談議では他領地の情報も取り扱うゆえ、同席は難しい。ここで調査を続ける志清について回ることもできるが……」

志清さんはあからさまに嫌そうな顔をした。

けれど、伊吹がこの町でなにをしてきたのかを知るために、志清さんと距離を縮めるためにも、私はここに残った方がいいだろう。

「志清さんには迷惑をかけてしまうけど、私はここに残りたい。志清さん、どうかお願いします」

お辞儀をすれば、志清さんは盛大にため息をついた。

「頭領の命には従わねえとならねえからな。だが、安全を確保する以上、勝手な真似はするなよ」

「は、はい！」

私はこくこくと頷く。

「志清、くれぐれも目を離すな。小夜は見た目と違って活発なところがある。それでいて危なっかしい。人攫いや混み合った場所であやかしに押し潰されないよう注意しろ。それから……」

延々と続く伊吹の話を、志清さんが「過保護かよっ」と突っ込んで止めた。

「その注意事項を全部聞いてたら日が暮れちまう。そんなに心配なら、首輪のひとつでもつけておけよな」

「火の輪をお前の首にもくくってやろうか。その頭も一度落ちれば、俺の妻への敬意も芽生えるだろう」

「鬼だろうが、一度落ちた頭は再生しねえんだぞ。ふざけんな」

これは鬼なりの冗談なの？

物騒なあやかしの世間話に戸惑っていると、伊吹の手が私の頭をぽんっと撫でる。

「あとでな」

そう言って伊吹は城へ戻っていった。その場に残された私は、志清さんといなくなった子鬼の母親たちに話を聞きに行くことになったのだが……。

「おい、泣きたいのは分かるが、手がかりがねえとガキどもを見つけられねえ」

本人にその気はなくても彼のつんけんした顔と物言いのせいか、責められているように感じてしまう。

やつれきった母鬼の顔を見れば、すでにたくさん走り回って子鬼を捜したのは一目瞭然。ただでさえ無力感に苛まれ、自分の子がいなくなったときのことを思い出すのは酷だというのに、志清さんの態度では母鬼は余計に口を閉ざしてしまうだろう。

「あの……」

一歩前に出て、おずおずと口を挟むと、でしゃばるなと言わんばかりに志清さんに睨まれた。うっと身体が緊張で固まるも、勇気を振りしぼって続ける。

「お母さんも、希望は捨ててないですよね」

「え……」

人間の私に話しかけられた母鬼は、惑う瞳でこちらを見た。

「だから心も身体もすり減って崩れ落ちそうになっても、こうして私たちの呼びかけに家から出てきてくれた。本当は立ってるのもやっとなのに……」

その腕に手を添えると、母鬼の瞳から涙がこぼれていく。

「捜しても捜しても、見つからなくて……もう、私だけじゃ駄目なんです。助けてください……っ」

母鬼がすがるように腕を掴んでくる。その力はやはりあやかしだからか強く、痛みに顔をしかめると、「おい……」と志清さんが止めようとした。

私は大丈夫と伝えるように笑みを向けつつ首を横に振り、母鬼と視線を合わせる。

「まだ、できることがあります。お母さんが知っていることを教えてください。それを手がかりに、伊吹も志清さんも動いてくれますから」

「あ……わ、分かったよ」

涙を浮かべながら、母鬼は子鬼がいなくなった日のことを話し出した。

「聞き込みから想定するに、怪しいのは山の麓の社か……」

母鬼たちの元へ行き、話を聞いていくと、山の麓にある社が子鬼たちの遊び場になっていたことが分かった。そこへ行ったきり戻ってこないので、その裏手にある山に入ってしまったのではないか、そう思った両親たちが捜しに行ったそうなのだが、子鬼たちは見つけられなかったらしい。

社を確認した私たちはそこに子供たちがいないと分かったあと、裏山を登っていた。

「早くお父さんとお母さんたちのところへ返してあげたいですね」

思わず呟いた私を、隣を歩いていた志清さんが振り返る。

「お前は鬼でもなければ、子鬼やその親と面識もねえだろ。どうしてそこまで肩入れできる」

「鬼とか人とか関係ないです。あんなふうに心配してくれるご両親がいるんですから、子鬼たちもきっと帰りたがってるはず。絶対に引き合わせてあげないと」

志清さんは「帰りたい、か」と意味深に口端を上げる。

「お前はどうなんだ？　ここはあやかししかいねえ、居心地も悪いだろ。鬼に嫁いだ娘が喰われちまわないかって心配してる親のところに帰りたいんじゃねえのか」

その問いに私は曖昧に笑い、軋む胸を押さえる。

「両親は……私がいなくなっても気にしないと思います。家族だからって必ずしも円満ってわけでもないですから……」

志清さんはばつが悪そうに視線を落とす。

「母鬼を見てて、愛されてる子鬼たちが羨ましいなって思いました。だから余計に助けたいのかも。その関係は尊いものだから……」

黙り込んでしまう志清さんに、私は「重い話をしてすみませんっ」と慌てる。

「私には伊吹がいますから、もう誰も私を見てないんだって卑屈になったりしません。伊吹が私を大事に思ってくれてるって、分かるから」

「……悪かったな。親のところに帰りたいんだろって言ったやつ、あれは嫌味だよ」

志清さんはがしがしと頭をかき、申し訳なさそうに私を見る。

「あんたが人間の世に未練があるんなら、とっとと別れた方がいいと思ったんだよ。やっぱあやかしは敵だって、いつかあんたが伊吹を裏切る前にな。けど、あんたも伊吹と同じだな。鬼とか人とか細かいことは気にしてねえ。そばにいたいからいる、助けたいから助ける。そういうとこ、似た者同士だよ」

私を見直してくれたような物言いに、少しだけ足取りが軽くなる。

志清さんについてきてよかった。おかげで腹を割って話せた。

ほくほくしながら歩いていると、ややあって裏山の中腹に到着する。開けた場所に一軒の古い屋敷が建っており、ふたりで近づいたときだった。

「まずい、口閉じてろ！」

切羽詰まった志清さんの声と共に、私の身体はふわりと持ち上がる。私は大きく飛び退いた志清さんに横抱きにされ、空中を飛んでいた。

先ほどまで私たちがいた場所には、蜘蛛の巣状の糸が張りついている。

視線をずらせば、美女がこちらを見上げて微笑をたたえていた。その蜘蛛の手から伸びた糸には、火を吹く子蜘蛛がわらわらと群がっている。

「あ、あれって……」

「黄泉島を治める四頭領のひとり、絡新婦だ！　鬼の領地で、こそこそなにをしてやがる！」

地面に降り立った志清さんは私を下ろすと、絡新婦を追及した。

絡新婦は着物の袖で口元を覆い、「うふふ」と笑む。

「申し訳あらへんけど、子蜘蛛たちはあやかしの血肉を喰らい、強なりはるんどす。そやけど、鬼の頭領はんのせいで同族狩りは禁止されてしまいましたさかい、こうして隠れて喰ろうておりましたのに……欲張りましたかねぇ」

絡新婦は膨れた腹をさすりながら、すううっと霧を放ち、巨大な蜘蛛へと変化していった。

「お前が子鬼たちを攫って喰らったのか！」

絡新婦を見上げながら志清さんが声を荒らげると、割れた甲高い声が響き渡った。

「腹の中どす。子蜘蛛たちが食べやすいようにわりかし、ゆっくりじっくりと溶かしてからあげませな。ほんまは若うて柔い童の血肉を好むんどすけど、鬼の頭領はんの怒りを買うのんは得策ではあらしまへんゆえ、見られたからには消えてもらわな」

絡新婦が勢いよく糸を吐く。とっさに私を引き寄せた志清さんもろとも白い糸に捕らわれ、動きを封じられてしまった。

「くそっ……」

悔しげな志清さんの声を最後に、私たちは為す術もなく絡新婦の口に放り込まれた。

「ん……ここは？」

どれくらい眠っていたのか、目を開けると、真っ暗な洞窟のような場所にいた。

気を失っている私を抱きかかえてくれていたらしい志清さんが、心配そうに顔を覗き込んでくる。

「起きたか？　ここは絡新婦の腹ん中だ」

「えっ……」

周囲を見回せば、足元は浅いものの絡新婦の消化液で満たされている。

「お姉ちゃん、起きたの？」

子鬼たちが四人、わらわらと集まってきた。志清さんは驚いた様子もなく「ああ」と返事をして、私に視線を戻す。

「攫われた子鬼たちだ。ゆっくりじっくり溶かすってあいつも言ってたからな。足元の消化液に触れたからって、すぐに溶けるわけじゃないらしい」

そう説明してくれた志清さんの身体は小刻みに震えている。

「あ……志清さん、大丈夫ですか？」

「なにが……って、この距離じゃ気づくか、さすがに」

志清さんは渋い顔で、ため息交じりに話し出す。

「あー……なんだ、はぐれ鬼だったときのことを思い出しちまってな」

「えっ、では、志清さんは人間の土地にいたんですか？」

「ああ、伊吹もだ。つか、日の本はもともと、あやかしの地でもあるんだぞ」

志清さんは子鬼のときの話を聞かせてくれた。

人間に里を追われて逃げている途中で捕まり、真っ暗な牢に閉じ込められたのだそうだ。そこで両親を殺され、次は自分というときに伊吹が現れた。

「その頃の伊吹だって、まだ子鬼だったのにな。あいつはたったひとりで、あやかし狩りをする八十もの人間を倒しちまった。そんで人間に追われたあやかしが大勢いるっていう黄泉島まで連れてってくれたんだ」

志清さんが私につらく当たるのは、敵である人間が伊吹のそばにいるのが心配だったからだろう。

「あいつは俺の道を照らす男だった。あいつにとってのお前と同じだろうな」

伊吹は私を『俺の道を光照らす唯一無二の女』だと言ってくれた。伊吹の代わりにはなれないかもしれないけれど、彼が守ったものを私も守りたい。

「ここから出ましょう、子鬼たちも連れて」

志清さんの手を取り、私は立ち上がる。

志清さんは閉じ込められた過去があるから、この暗がりが怖いのだ。早く連れ出してあげないと。

目を見張る彼を見て、私は微笑んだ。

「私は鬼のように頑丈ではないし、妖術も使えません。でも、伊吹は私と出会ったとき、仲間を失ったことをとても嘆いていました。私はあの人の涙をもう見たくない。だから伊吹のところに、あなたを連れて帰ります。私にできる限りのことをして」

私の世界を照らしてくれたのも伊吹だから、あの人の笑顔を陰らせたくない。

「ほんと、分からねえな。伊吹と過ごした時間はそんなにないんだろ？　なのになんで、そこまで想い合える」

「時間は関係ないです。お互いが求めるものを埋められる存在だから、離れられないんだと思います」

私は誰かの特別を望み、伊吹は見えない未来を照らす光を求めた。それを互いの存在に見出して、私たちは支え合い、生きていく幸せを欲した。

「みんなで内側から絡新婦の腹壁を壊せないか、試してみませんか？　私はこの簪で、志清さんたちは炎で焼くんです」

耳の上に挿していた簪を引き抜く。伊吹にもらったものだが、他に使えそうなものがないので仕方ない。

「みんな、力を合わせて！　誰が最初に穴を開けるか、勝負ですよ！」

すっかり怖気づいていた子鬼たちをその気にさせるために、遊びを交えながら明るく声をかける。すると、子鬼たちは顔を見合わせ、「俺の炎はすごいんだぞ！」「私だって負けないもんっ」と次々に火の玉を放っていく。

私も解けた髪が汗ばんだ肌に張りつくのも構わずに、簪を硬い腹壁に突き立てた。

その様子を見ていた志清さんは、はっと笑う。

「おとなしそうな顔して、根性据わってるじゃねぇか」

志清さんは「うし！」と気合十分に立ち上がり、右手を前に突き出した。左手で突き出した方の手首を支え、不敵に口端を上げる。

「おい！　全員で同じ場所に当てろ！」

私は火に巻き込まれないように距離を取った。皆の力で凹んでいく腹壁に「その調子です！」と胸の前で手を合わせて見守る。

「ぎゃあああああああっ」

志清さんの策が功を奏したようで、絡新婦の苦しげな叫び声が響き渡った。その痛みに身を折っているのか、ぐらりと地面が揺れる。

「きゃっ……」

立っていられなくなり、よろけながらも近くで悲鳴をあげる子鬼を抱きしめる。

志清さんもひとりで子鬼を三人受け止め、壁にぶつかる際に庇（かば）っているのが見えた。

そのとき、絡新婦の腹が縦に裂けた。白い閃光（せんこう）がそこから差し込み、子鬼を抱きしめながら座り込んでいた私は眩しさに目を細める。

「待たせた。小夜、志清」

砕けていく絡新婦の身体。宙に投げ出された私と志清さんは、こちらに笑いかけている彼の名を呼ぶ。

「伊吹！」

伊吹は落下しながら器用に刀を鞘にしまうと、絡新婦の破片に飛び乗り、私と子鬼を肩に担いで志清さんを振り返る。

「志清、残りの子鬼たちは任せたぞ！」

「ああ！」

志清さんは悲鳴をあげながら落ちていく子鬼たちを拾い抱え、なんとか皆で地面へと着地した。伊吹は私と子鬼をそっと下ろし、頭を撫でてくる。

「すぐに駆けつけてやれず、すまなかった」

伊吹なら守ってくれる。小鬼もそれを感じたのか、「うわあぁんっ」と泣きだしてしまった。

「そんなっ、旦那様が来てくださった。それだけで私は……っ、胸がいっぱいです」

つられて私まで涙が出てくる。そんな私たちを伊吹が両手で抱きしめた。

「……もう大丈夫だ」

伊吹は私の額に口づけた。触れられたところから安堵が広がっていく。

「くっ……絡新婦の頭領を、殺せば……一族の者が鬼の一族に報復しに、攻め入ってきますえ……」

か細い声でそう言ったのは、頭だけになり土の上に転がっている絡新婦だ。伊吹は絡新婦に向き直り、腰の刀を抜き放つと、ゆっくり歩き出す。

「今日、妖狐の頭領が城に来た。来訪の目的はお前の行いについてだった」

「ふふ……気づいとったんどすなぁ。私が……あやかし狩りを……しとったこと」

「妖狐の童も随分と喰らったそうだな。黄泉島で同族殺しは大罪だ。呪うなら己が欲を呪え」

悪鬼さながら、構えた刃に炎を纏った伊吹は、ちらりと私を見やった。怖ければ目を閉じていろ、そう訴えるように。

それがこの地を守るために成し遂げなければならないことなら、なんであっても見届けます。その意志を込めて頷いてみせれば、伊吹は困ったやつだと言わんばかりに苦笑し、再び絡新婦に向き直る。そして——その刃を容赦なく振り下ろした。

絡新婦が焼き尽くされたあと、私は夕日に煌めく川の上にいた。

「絡新婦の頭領を討ってしまって、黄泉島は大丈夫でしょうか……？」

私は小舟に向かい合って座っている伊吹に話しかける。すると伊吹は舟を漕いでいた手を止めた。

「同族殺しは大罪、もし約定を破れば淘汰される。報復も頭領らに袋叩きにされる覚悟があるならするだろうが、あの一族にそこまでの気概があるかは分からんな。ともかく、無謀な真似をしないよう牽制しつつ、これから他の頭領らと絡新婦の領地を治めることになるだろう。それより……」

伊吹の惑う瞳に私が映り込む。

土手の草木を揺らす涼やかな風が、私たちの間を静かに吹き抜けた。

「怖い思いをさせたな」

「伊吹……確かに怖かったけど、旦那様がくれたこの簪が私に勇気をくれたので、頑張れました」

耳の上に挿している簪に触れつつ微笑む。

「お前はすごいな。志清もあっさり懐柔してしまっただろう」

思い出し笑いをする伊吹につられて、私も頬を緩める。

私の頭にも、子鬼たちを両親の元へ帰したときのことが浮かんでいた。

＊＊＊

下山したあと、私たちは子鬼の親がいる集落へ向かった。

『伊吹様、そして奥方様も、本当にありがとうございました』

子鬼の無事を知った親鬼たちは、人間の私にも頭を下げた。

無事に子鬼たちがお父さんとお母さんのところへ帰れてよかった。

泣きながら両親に抱きつく子鬼たちを眺めてほっとしていると。

『お前なら、すぐに黄泉島のあやかしたちと打ち解けられる。なんせこの俺が、たった数日で絆(ほだ)された女だからな』

誇らしそうな伊吹に肩を抱き寄せられ、胸の奥がむずがゆくなった。

照れ臭くて俯く私の顔を伊吹が覗き込んでくる。その視線から逃れるように反対側を向けば、伊吹も楽しそうに追いかけてきた。

顔を真っ赤にする私の頭を伊吹が宥(なだ)めるように撫でているところへ、他のあやかし検非違使と情報を共有していた志清さんが近づいてきた。

『俺も、認めざるを得ないな』

志清さんは頬をかきながら、私に向かってふっと笑いかけてくれる。

『俺よりも非力な人間のくせに、いざというとき真っ先に動こうとしたのはお前だった。お前は刀も妖術も使えねえけど、その言葉と行動で俺たちの尻を叩いてくれた。

ありがとな』

『志清さん……』

私も知らなかった私を認めてもらえたような気がして、胸がじんとする。

『志清でいい。敬称はいらねえ、敬語も禁止だ。家臣に示しがつかねえし、伊吹の嫁らしく、もっと堂々としてろ』

『は、はい、志清さ――』

さっそく敬称をつけそうになった私を軽く睨む志清さんに、慌てて言い直す。

『志清！』

それでいい、と頷いた志清になんだか感極まって、じわりと涙がにじんだ。

『うう……志清が嫁だって、私のこと……認めてくれた……っ』

『は？　いや、なんでそこで泣くんだよ！』

志清はおろおろしながらも、私の涙を着物の袖で拭う。その手つきはぎこちなくも優しかった。

『そこまでだ』

伊吹が志清の腕を掴む。

『生憎（あいにく）、妻を慰めるのは夫の特権だ』

『わっ』

志清の前から攫うように私を横抱きにした伊吹は、その足で川のそばにある船着き場に行き、舟遊びに誘ってくれたのだ。

＊＊＊

「お前の雄姿をこの目で直接見られなかったのが悔やまれる」

伊吹の声で過去に飛んでいた意識が引き戻される。

「私は今日、改めて旦那様のしていることが黄泉島のあやかしたちを守る大切な仕事なんだって知れて、うれしかったです」

「だが俺は、やはりお前に血生ぐさい争いを見せたくなかった」

水面に映った自分を眺める伊吹の横顔は、憂いを帯びている。

「同族同士の争いを止めるためにはまず、一族を束ねる頭領になる必要があった。人間にあやかしを狩らせないためには、俺が狩る必要があった。俺は目的のために人間やあやかしを殺めてきたんだ」

私は息を呑む。

志清から少しだけ聞いていたけれど、改めて事実を突きつけられる衝撃は大きい。

「人間の世で史上最悪の悪鬼と畏怖されるに足る所業をしてきた。そのひとつひとつを思い出すたび、ときどき苦しくなる。それが鬼本来の性なのだとしたら、俺はいつか……小夜も傷つけるのではないか、とな」

　そんなことありえない、なんて簡単に言えない。私がなんと言おうと、伊吹が抱いている罪悪感こそが真実だから。私が否定や肯定をすべきものじゃない。

　でも、苦しんでいる伊吹にちゃんと寄り添いたい。

　私は慎重に言葉を選びながら告げる。

「人間もあやかしも守りたいもののために力が欲しくて、傷つけられる前に傷つけただけ……なんですよね。誰が悪かったのかとか、誰が正しかったのかとか、もうそういう段階の話ではないように私は感じます」

　伊吹はその言葉を咀嚼しようと、心の奥底まで覗き込むように私を見つめている。

「過去に苦しんでいる伊吹を励ましてあげたいけど、伊吹の気持ちは伊吹だけのものだから、私がそんなことありえないって言っても納得できないんじゃないかな、と。だから私に言えるのは……」

　私は伊吹に近づき、その頬を両手で包み込んだ。

「過去だけじゃなくて、伊吹が苦しんだ時間の先にある〝今〟も見て？　黄泉島であやかしたちが手を取り合って生きてる〝今〟は、あなたが掴み取ったものなんだよ」

　今度は伊吹が息を呑み、瞠目（どうもく）した。

「傷だらけだった私たちが出会って、そこであやかしと人は分かり合えるんだって新しい価値観が生まれた。お互いを理解して、後悔と一緒に成し遂げたことにも目を向けてくれたらなって……思います」

誰よりも強いのに、誰かを傷つけることを恐れている優しい鬼を——伊吹を抱きしめて、私は目を閉じる。

「これからも、なにかを成し遂げるために誰かを傷つけなきゃいけないことがあると思う。そのたびに伊吹が救ってきたものも思い出して。あなたを慕う領民たちや私を」

「ふっ……お前はときどき、大人っぽくなるな」

耳元で伊吹が笑うのが分かり、私は少しだけ身体を離して、その顔を覗き込んだ。

「俺を癒すだけでなく、立ち上がらせてくれる女はお前しかいない」

伊吹は砕けたように笑い、私を力いっぱいに抱きしめた。驚いて目を瞬かせていると、伊吹は私の前髪をさらりと撫でる。

「お前と出会えたのは、生涯の中でいちばんと言える幸運だ。いつか俺たちのように鬼と人間の夫婦が普通にいる未来があるやもしれん。その初めの一歩が俺たちだ」

「はい、旦那様」

頬に添えられた伊吹の手に、私も自分の手を重ねた。

「お前に励まされてしまったな。今度は俺が恩を返す番だ。なにか欲しいものはあるか？」

ふいに聞かれて、私は困ってしまう。

欲しいもの……私の欲しいものは、伊吹の隣にいる権利だ。ずっとそばにいさせてくれるなら、それだけでいい。それしか、いらない。だから……。

「あります、欲しいもの……」

私は恥じらいつつも、伊吹の腕を弱々しく掴む。

「祝言を挙げたいです、旦那様」

伊吹の紅い瞳は夕陽を映してさらに輝く。

「小夜……っ」

たまらずといった様子で、伊吹は私の唇を奪った。吐息も想いもかっさらうような接吻（せっぷん）に全身が熱を持つ。触れ合ったところから、溶けてしまいそうだった。

やがて静かに離れた唇を寂しく思っていると、伊吹は怒涛（どとう）の勢いで、私が心の底から欲しかったものをくれる。

「約束する、祝言を挙げよう、小夜」

その約束を刻みつけるように、伊吹は再び私に熱く口づけた。

「よお、小夜」

仕事部屋に差し入れのおにぎりを運んでいる途中で、書類を抱えた志清が隣にやってきた。

「最近、町民だけじゃなくて重臣の間でも『頭領の嫁は人間のくせになかなかやる』って噂されてるみてえだな。やるじゃねえか」

「それに甘えちゃいけないって思ってるんだけど、やっぱりうれしいな」

黄泉島に来てひと月が経ち、自分自身だけでなく、城や町のあやかしたちの態度がいい方に変わった。

〝私なんて〟と卑下して現状を変える努力をしてこなかった私が〝伊吹に相応しい妻になりたい〟と思ったのをきっかけに、自分から誰かに関わったり、行動を起こせるようになった。その結果、勝ち取った信頼なら、これほどうれしいことはない。

「まあ、頑張るのはいいけどよ、今日くらいは休んでもいいんじゃねえか？　お前も伊吹も」

志清が呆れている。無理もない。伊吹は祝言の日だというのにぎりぎりまで仕事をしているし、私も当然のように差し入れなんて作っているからだ。

「伊吹、入るぞー」

志清が仕事部屋の戸を開けると、ちょうど一段落したところなのか、伊吹は筆を置いて目元を押さえていた。

私は伊吹のそばに行き、正座する。

「旦那様、お腹に少し入れておいた方がいいと思って、これ。おにぎりです」

竹皮に包んだおにぎりを差し出すと、疲れきっていた伊吹の顔がぱっと明るくなる。

「お前の手作りか。最高のご褒美だな」

受け取ったおにぎりを頬を緩めながら頬張る夫を温かい気持ちで見守っていると、志清がため息をついた。

「そろそろ、本当に支度しろよ?」

昼に執り行われる祝言までは、もう数刻しかない。おにぎりを食べ終えた伊吹は「それもそうだな」と腰を上げ、私に手を差し伸べた。

「小夜、俺たちも用意を始めよう」

「あ……はい、旦那様」

その手をためらいがちに取り、立ち上がる。

「皆、お前たちの祝言を心待ちにしてる。忘れられない日になるように、俺たちも準備したからな」

ここに来るまで、廊下ですれ違う鬼たちに『おめでとうございます』『いよいよ祝言ですね』と声をかけてもらった。

城の皆に祝福されるたび、どうしても家族を思い出す。

刹那もお父さんもお母さんも、私が結婚するって知ったらどう思うかな。

考えるまでもなく、私のことなんてもう忘れているだろう。でも、もし私が本当にお父さんとお母さんの子供だったなら、刹那と普通の姉妹だったなら、あやかしへの偏見さえなければ『おめでとう』と言ってもらえたんだろうか。

胸に残るひとつの棘が、人生でいちばん幸せになれる日だというのに、素直に喜ばせてくれない。

「小夜、浮かない顔をしているな」

私の異変を目ざとく察した伊吹が優しい手つきで顎を掴んでくる。

志清が「婚姻前によくあるやつだろ?」と横槍を入れたとき——。

「伊吹様」

誰かがいる気配はまったくなかったのだが、部屋の外から声がかかった。

私が驚いている間にも、伊吹は「入れ」と答える。

戸が開くと、部屋の入り口に立て膝で座る黒装束の男がいた。

「村の方でなにかあったか」

伊吹が先回りして尋ねれば、低頭していた黒装束の男が顔を上げる。

「はい、どうやら村に賊が押し入ったようです」

「……そうか」

伊吹は渋く相槌を打った。

私が知らない仕事の話？　だとしたら、聞いたらまずいだろうか。

でも、伊吹の仕事はできる限り知っておきたい。そのときが来たら、自分にも手伝えることがあるかもしれないから。

「あの、村って？」

おずおずと尋ねると、伊吹がためらうように唇を引き結ぶ。だが、それもわずかな間だ。すぐに私に向き直り、どこか労わるような手つきで肩を掴んでくる。

「お前には黙っていたんだが、お前を嫁に迎えたあと、お前の村の人間が鬼に娘を攫われたなどと騒ぎ、朝廷のやつらが黄泉島に攻め入ってくるのではないかと懸念していてな。お前の村を仲間に監視させていた」

「じゃあ、賊に押し入られた村って……」

――私の故郷！

心臓がうるさいほど早鐘を打っている。

あの村は、私にとって優しい場所ではなかった。あの村の人たちがいなくなることは、黄泉島にとって利しかない。でも……私はなにもしなくていいの？

「お前は自分が幸せになる日に、村の者たちが不幸な目に遭っていると知って、心から喜べる女ではないだろう。お前はどうしたい？　それを俺が叶える」

自分を優先するのは苦手だ。そのたびにためらってしまうのは、もう癖みたいなもの。伊吹はそんな私を私以上に理解してくれている。そして、立ち止まってしまう私の足の重りをひとつずつ、軽くしていってくれる。

「我儘を承知の上で、お願いします。村の人たちを、私の妹を、両親を、助けて！」

言い終わった瞬間、伊吹は私の腰を引き寄せた。その胸に手をつき、顔を上げれば、不敵に笑む愛しい夫の顔が間近にある。

「我が妻の願いならば、お安い御用だ」

伊吹は必ず叶えると誓うように、私の手の甲に口づけた。

伊吹や私、志清をはじめ、戦える鬼を数名ほど引き連れて村へと向かった。だが、そこはすでに火の海だった。

「あ、あやかしまで来やがったぞ！」

紅の瞳を持つ鬼を目の当たりにして、村の人間たちは腰を抜かした。

伊吹は自分たちを恐れる彼らを無機質に見やり、言い放つ。

「己の敵を間違えるな。敵は賊だ！」

場を圧倒する威厳は、皆を黙らせるのに十分だった。

「俺は我が妻の故郷と家族を守るために来た。俺を信用できぬなら、せめてお前たちと同族の小夜を信じろ。お前たちを助けろと言ったのは小夜だからな」

村人たちの中にお母さんの姿を捉えるも、「つ、妻だって!?」と青い顔をしているのが見えて胸がちくりと痛んだ。

祝福されないのは分かっていた。でも、傷ついている場合じゃない。今はこの場をなんとかしなければ。

「賊は可能な限り殺さず、捕らえろ！」

刀を抜き、臣下に命じた伊吹はこちらを振り返る。

「共に来い、小夜」

そう言ってくれるのはうれしいが、いつまでも彼に守られてばかりなのは嫌だ。私も夫に恥じない強い妻でいたい。

「旦那様、私は村人たちを火の手のない場所へ避難させようと思います」

「だが、ひとりは危険だ」

「村の人たちを守りに来たのに、足手まといになるのは嫌なんです。闇雲に逃げ回ってたら、みんなの命も危ない。人の言葉なら、村の人たちを説得できるかもしれない。だから、これが私にできる最善のことだと思うの」

伊吹は難しい顔で黙考したが、やがて意を決した様子で私をまっすぐ見据えた。

「分かった。無茶はするなといっても、お前は存外お転婆ゆえ、難しいだろう。代わりに期待している。お前ならば成し遂げると信じている。お前は強い女だからな」

絶対的な信頼を向けられている。それだけで自分がとても誇らしく思えた。伊吹の存在が私を奮い立たせる。

「あとで会いましょう、旦那様」

私たちは強く頷き合い、それぞれの戦場へ向かう。迫ってくる賊を、急所を外しながら斬っていく伊吹たちに背を向け、私は村人たちの前に出た。

「私の夫は鬼ですが、この村の人たちを救おうと戦ってくれています。私たちは今のうちに火の気のない方へ逃げましょう」

怖くないと言えば嘘になる。彼らは鬼を助けた私を納屋に閉じ込め、虐げた。

それでも不思議と心は凪いでいる。私という人間を必要としてくれた伊吹の存在や、誰かの——あやかしたちのために行動を起こしてきた時間が私に自信を与えていた。

「ふざけるな！　あやかしに加担してる人間の言葉なんて信じられるか！」

罵倒を浴びせてきたのは、お父さんだった。

分かり合えなくても、私のやることはひとつだ。

「もしものときは、私を人質にとればいい。私は鬼の頭領の妻ですから、その価値はあります」

伊吹にとっての特別になれた。謙遜でも願望が見せた夢でもなく、確かにそう思える時間を共に重ねてきたからこそ断言できた。

皆は渋々だったが、「確かに、今は助かることだけ考えないと」「もしものときは、小夜を人質にすればいいんだものね」と重い腰を上げた。

私は彼らを連れて、村の奥にある川辺へと誘導する。

逃げ遅れている者がいないか最後尾を確認しに行くと、足を怪我した刹那を彼女の婚約者である正隆が背負っていた。そのせいで逃げるのが遅くなったらしい。

「あとは刹那たちだけだよ」

「ああ、小夜か。なんというか……俺たち、お前にひどいことをしたのに、助けに来てくれて、ありがとな」

正隆の背にいる刹那は「なんで鬼の仲間にお礼なんて言ってるのよ！」と憤慨する。

私は肩をすくめつつ、首を横に振った。

「ううん、私はただ……そうしなかったら、自分を許せなくなると思っただけだから」

正隆は「自分を許せなくなる、か……」と呟き、憂うように下を向く。

「俺たちは人として間違ってたと思う。だけど、小夜はどんな状況であっても自分を見失わないいんだな。意志を貫く強さもある」

「え……」

好意的な態度をとられるとは思っていなかったので、呆気に取られていると、正隆は眩しそうに私を見つめた。

「それに、こんなに綺麗になってるとは思わなかったよ」

「なっ、今さら小夜に乗り換えたくなったってこと!? そんなの許さな……っ」

刹那の声を聞きつけてか、賊がわらわらと私たちを取り囲んだ。

「こんなところにいたのか、手間取らせやがって」

「俺たちは金と食料さえ分けてくれりゃあ、ここを出てってやるって言ってんのに、お前たちが無駄に抵抗するからこうなったんだぞ」

賊は燃える家屋を見て蔑笑する。にやにやしながら距離を縮めてくる賊に、冷や汗が出た。

どうしよう、どうしよう!

考えを巡らせるも、焦ってまともに頭が働かない。

「誰、か……伊吹！」

思わず叫んだとき、青く冷たい炎が私たちを囲むように噴き出した。それを見た賊は「うわああっ！」と悲鳴をあげながら逃げていく。

「呼んだか、小夜」

空からふわりと降り立ち、笑みを浮かべながら振り返ったのは、今まさに思い浮かべていた存在だ。その刀には青い炎が絡みついている。

私たちを守ってくれたんだ……。

たまらず伊吹に駆け寄って抱きつくと、片腕で私を引き寄せてくれた。そこへ志清たちもやってくる。

「これで賊は全員捕まえられたんじゃねえか？」

親指を立て、縄にかけられた賊を肩越しに指す志清に、伊吹は頷く。

こうして私たちは、村人たちが待避している川辺まで戻った。すると刹那が胸の前で両手を握りしめ、伊吹に近づいていく。

「あの、先ほどは助けてくださって、ありがとうございました。私、あやかしのことを勘違いしていたみたい。伊吹様がこんなにも頼りになる方だったなんて……」

刹那は伊吹の男らしくも美しい容貌にうっとりとしている。

妹のことだから、よく分かる。彼の妻となった私が城の姫のような立派な着物を身に着けていたからだろう。自分よりも幸せそうな私が許せないのだ。

そして、私のものを奪いたいから、伊吹に擦り寄っている。そうして注目を引き、愛情を独占するたびに、刹那は自分の方が愛されていると安心する。だからこれまでも、そのためだけに私を陥れてきた。

「お前に感謝されるいわれはない。俺はただ、妻のために動いたまで。礼がしたいなら、小夜にするんだな」

「なっ……正隆もこの男も、なんで姉さんばかり……！」

刹那は悔しげに顔を歪め、キッと私を睨みつける。

胸が苦しいのは悲しいからではない。いつまでも心の穴が埋まらず、特別を求めてもがいている妹が昔の自分に重なるからだ。

「私を選ばないなんて、やっぱり鬼は悪食なのね！　ねえ、姉さんは鬼とまぐわった穢れた女よ！　いいえ、もう鬼になってるのかも。討伐されるべきよ！」

刹那は村人たちに大きな身振り手振りで訴える。

嫌な空気が漂い、刹那に感化された村人たちがこちらへ石を投げてきた。

「出ていけ！　ここはあやかしの来る場所じゃねえ！」

「俺たちを油断させて喰らうために、あえて賊を村に引き寄せたんじゃないのか？そうに決まってる！」

「確かにおかしいよな。この村が賊に襲われてすぐ、助けに来るなんてよ」

村人を味方につけた刹那はほくそ笑み、私を指差す。

「姉さんなんでしょ？　自分を閉じ込めたこの村の人間に恨みがあるから、私たちを賊に襲わせた。わざと助けて、油断した私たちを食べる気なんだわ！」

刹那に賛同して罵声がこだまする。

自分と違うものを無条件で嫌う村人たちに抱いたのは憐れみだった。

この人たちは一生、小さな世界で作り上げられた〝普通〟から逸脱した誰かを排除し続けて生きていくんだろう。いつか最後のひとりになるまで。

「鬼に身を売った汚らわしい女め！」

飛んでくる石から庇うように、伊吹が私の前に立った。

「貴様らは、どこまでも愚かだな」

低く唸るように言い、伊吹はバチバチと爆ぜる炎を身に纏うと、飛んでくる石を焼き溶かした。

村人たちは悲鳴をあげ、恐れ慄く。

「小夜がどんな思いで――」

さらに言い募ろうとする伊吹の袖を引き、私は首を横に振った。

なぜ止める、と不服そうな伊吹に、私はなにも語らず小さな笑みを返す。

そして、自分を虐げた両親に向かってお辞儀をした。

「お父さん、お母さん。私は今も鬼の伊吹を助けたことを後悔してません。ふたりには、私の選択を誇らしく思ってほしかったけど……」

家族であっても必ず分かり合えるとは限らないし、変えられない人の心もあるのが現実。だから、私自身が変わる。

「ふたりが私を愛してなくても、私は産んでくれたことに感謝してます。伊吹に出会えたのは、ふたりのおかげです。今まで育ててくれて、ありがとうございました」

これは本心だ。そしてこの瞬間から、私は家族に愛されたくて苦しんでいた自分とお別れする。これからは人である私を理解しようとしてくれたあやかしや伊吹と共に、黄泉島で生きていく。

「刹那、いつかあなたの心が満たされて、幸せになってくれることを祈ってる」

「余計なお世話よ」

刹那は鼻で笑うと、そっぽを向いた。

心残りがあるとすれば、もうひとりの自分だった刹那を置いていくことだ。姉としてなにかできたのではないか、と胸が重たくなる。

「小夜、お前にできるのはここまでだ。それ以上を背負う必要はない」

伊吹が私を抱き上げ、真剣な眼差しを向けてくる。

「お前という存在が村の者たちに選択肢を与えた。そのあと自分がどう生きるかは、あいつら自身が決めなければならない。それで破滅しようが、自己責任だ」

私はやるべきことをやったと、伊吹はそう言ってくれているのだ。

「俺は小夜ほど甘くない。俺の妻を傷つけた貴様らを一生許しはしない。だが、俺も小夜をこの世に産み落としたことだけは、親である貴様らに感謝している」

それだけ言い、伊吹は村人たちに背を向けて歩き出した。

「小夜、つらいか」

私を案じる伊吹に、笑顔で首を横に振る。

「実はいざ祝言を挙げるってなったとき、私の家族は喜んでくれないんだろうなって、もやもやしてて。実際、祝福はしてもらえなかったんだけど……」

苦笑すれば、伊吹は労わるように額に口づけてきた。それだけで気分が浮上した私はふふっと笑い、伊吹の首に両腕を回す。

「でも、周りがどう思おうと関係ない。だって私は伊吹を愛してる。夫婦になりたい」

「……っ」

目を見張った伊吹の顔がぱっと赤くなった。

「誰になんと言われようと、私の気持ちは私だけのものです。この先もあなただけを見つめて生きていこうって、決心がつきました。だから、ここに連れてきてくれて、ありがとうございます、旦那様」

晴れやかに笑う私に、伊吹は焦がれるような視線を注いでくる。

「礼を言わなければならないのは、俺の方だ。今の言葉を聞けて、ますます祝言を挙げたくなった」

「もうすぐ、ですね」

炎に焼ける村、ここに残される村人たちは苦労するはずだ。でも、私にできるのは命を助けるところまで。ここから先、どんな村を築いていくかは彼ら次第。そして、その未来に私はいない。私がいるのは、愛しい夫が築いていく未来だ。

「あのときも今も、いつでもお前を攫うのは俺の役目だ」

私を抱き上げたまま、伊吹が口づけてくる。

あのときも今も、いつでも私の心を奪うのは、旦那様だけ——。


祝言当日に火の中を駆け回り、ボロボロになって帰ってきた私たちに、事情を知らなかった城の皆は揃って唖然（あぜん）としていた。

『これから破天荒なおふたりにお仕えするのは、なかなか骨が折れそうですな』

皆は苦笑していたけれど、温かく見守るような空気が城を包んでいた。

慌てて身支度を済ませ、町民にも祝福されながら祝言を挙げた私たちは、宴でどんちゃん騒いだあと、伊吹の寝室に下がらせてもらった。

私たちは寝巻きに着替え、ついに初夜を迎える。

私はふたつ並んだ布団の上で、胡坐をかいている伊吹の向かいに正座していた。

「改めて、本当にありがとうございました。村に帰ってよかったです。ちゃんと踏ん切りがついて、言いたいことも伝えられて、胸がすっきりしました」

「確かに、清々しい顔をしているな」

伊吹は口元を緩め、私の頬を手の甲ですっと撫でる。

「ならば、もう心置きなく俺に奪われてくれるか？」

その意味がすぐに分かり、私はこくりと頷く。

ゆっくりと褥に押し倒されていく中、簪をすっと抜き取られた。

「桜の簪を選んだのは、儚く散るもその記憶に色鮮やかに残る様がお前に似合うと思ったからだと、そう言ったのを覚えているか？」

「もちろんです。あなたの言葉は忘れません。どんなに些細なことであっても」

「うれしいことを言ってくれる」

愛おしそうに私の肌を撫でていた伊吹の手が、頬から脈打つ首筋に移る。

「人間とあやかしの寿命の差は埋められんからな。どうあがいても、お前は俺を置いて逝く。お前を失う痛みも背負う覚悟で、俺はお前を嫁に迎えた」

「あ……」

切なげに下がる伊吹の眉と、儚げな笑みに胸が締めつけられる。

私が長生きだったなら、よかったのに……。

でも、私が家族と分かり合えなかったように、変えられない世界の理もある。それはどんな綺麗事を重ねようとも、逃れられない運命だ。それでも確かなもの、消えないものもある。

「旦那様、私は鬼ほど長くそばにはいられないけど、私がいなくなったあと、私といた時間が旦那様の心を温めてくれるように、今、私の人生を懸けてあなたを愛します」

下がった伊吹の眉を指先で宥めるように触れれば、その手を取られた。

「ならば俺は、お前を最期の瞬間まで見つめていよう。お前の生き様も、俺をどのように愛してくれたのかも、すべて胸に刻みつける。いつか肉体がなくなろうとも、桜の季節が巡るたび、俺がお前の姿を鮮やかに思い出せるように」

言葉の通り、伊吹は私から少しも視線を逸らさない。

「愛している、小夜」

想いを吹き込むように重なる唇。

——私もです、伊吹。

封じられた声の代わりに、愛を語り合う口づけがどんどん深まっていく。

幸福に溺れながら感じるのは、互いを想って鼓動する命の音や相手を求めて触れる手の感触、熱を与え合って同じになっていく体温。

熱情は思考すら呑み込んでいき、いつしか私たちは己の存在を刻むような触れ合いに夢中になっていた。

完

嫌われ者の天狐様は花嫁の愛に触れる

クレハ

「真白。お前の結婚が決まった」

短大の卒業が押し迫ったある日。白を基調とした上品な雰囲気の自室でのんびりとお気に入りの詩集に目を通していると、部屋に入ってきた父親に突然そんなことを言われた。真白は驚きよりも父親の心配をする。

「お父様、大丈夫ですか？　とうとうボケてしまわれたの？　まだ若いのに、困ったわ。こういう時はお医者様に相談すればいいのかしら……」

言葉の割に狼狽した様子もなく、真白はおっとりとした声で困ったように頬に手を当てる。

その際、真白の濡羽色の長い髪がさらりと流れた。

真白の家である七宮は、いくつかの事業を抱えるそれなりに有名な資産家で、真白は蝶よ花よと大事に育てられてきた。

幼い頃に母親を亡くしてから父親の過保護さはいっそう強まり、人の悪意というものをあまり知らずに過ごしてきたため、少々マイペースな女の子に成長した。

しかし、真白の記憶の限りでは亡くなった母親もマイペースだったように思うので、これは遺伝かもしれない。

その上、真白の通っていた学校は中学、高校、大学と女子校で、周囲には真白と似た境遇の上流階級のお嬢様たちばかり。ゆえに、真白と同じくおっとりとした性格の者が多かった。

一方、そんなのんびり屋さんな娘にあらぬ疑いをかけられた父親は吠えた。

「私はボケとらんわ！」

「あら、それならよかったです。だって、突然結婚なんてあり得ないことを言いだすんですもの」

「結婚は本当だ」

二十歳という年齢の割には幼く見える真白は、ぱっちりとした大きな目をさらに大きくして父親を見る。

「どういうことですか？　私には結婚を誓った相手などいないのですけど」

「いたら、私はひっくり返って驚いているだろうよ。お前ときたら私が心配するぐらい男の気配がないのだからな。少しは〝娘の方〟を見習いなさい。……いや、あれを手本にされるのは非常に困るので、やっぱりやめておくんだ」

父親はやれやれと仕方なさそうにしたかと思ったら、娘の方の話になると苦虫を噛み潰したように表情を変えた。

「お父様ったら、なにをおっしゃりたいんですか？」

父親の言う『娘の方』とは、真白の三歳離れた義妹である莉々のことだ。

真白の母親は真白が幼い頃に亡くなったのだが、生涯母親だけだと誓っていた父親が一年ほど前に親戚からの圧力に負けて再婚した後妻の連れ子が莉々である。

七宮の家は由緒正しい家系である上、親族とのつながりが強いために、父親も小うるさい年寄りの親族たちを抑えきれなかったのだ。

真白という女の子しか子供がいなかったのも、年寄りたちが耳にタコができるほど再婚を勧めてきた理由でもある。未だ男が跡を継ぐものだという古い考えの者が多かったのだ。

父親は真白が婿を迎えればそれでよいと考えていたのに、年寄りたちは独り身であることを許さなかった。

父親は散々抵抗したようだが残念ながら再婚が決まり、真白に報告してきた時には号泣しながら謝り続け、逆に真白の方が父親をなぐさめるという状況になってしまった。

あんまりにも父親がギャン泣きするものだから、真白が嫌だと我儘を言う隙もなかったのである。

これだけ全身で拒否している父親に文句をぶつけようものなら、ショックを受けて寝込んでしまいかねないと、真白は大人になった。

そもそも真白自身もいつか再婚の話が出てくるだろうと覚悟していたのもある。

前々から親戚に『新しいお母さんはいらないかい?』とか『やはり男の跡取りが必

要だ』とか『再婚するように真白ちゃんからお願いしてみたらどうだい』などと言われていた。

それを、母親を亡くしてまだ時が経っていない子供に向けるのである。いくらなんでも神経を疑う話だ。

しかも父親のいない時を狙って。

親戚たちも娘からのお願いなら父親も再婚に動くとでも思ったのかもしれない。

しかし、素直な真白は親戚からの話を真に受けて、すべてを父親に伝えていた。

それを聞いた時の父親の、般若も真っ青な顔を真白はしばらく忘れられず、夢で般若に追いかけられる夢を何度も見てしまうほどだった。

真白は父親がいてくれるなら我慢できた。なにより母親を亡くして悲しんでいるのが父親だと知っていたからだ。

しかし、抵抗虚しく再婚を受け入れざるを得ない状況に追いやられてしまった。

ただ、父親は年寄りたちの思惑に乗ってやるものかと、義母と寝室を一緒にしたことはない。父親のせめてもの抵抗だ。

父親の態度を不満がって義母が出ていくならよかったのだが、義母も義妹も七宮で贅沢な暮らしができれば問題ないらしく、なんとも充実した生活を送っているようだった。

女子校育ちで男性と接する機会が少なく恋人もできた試(ため)しのない真白とは違い、莉々は奔放で、三カ月ごとに恋人が変わっているのではないかという頻度で男性をとっかえひっかえしており、父親の頭痛の種である。

義母が叱らず甘やかすので、余計に莉々の行動に拍車をかけているのかもしれない。

父親はそんなふたりを早く追い出したくて仕方ないようだが、なかなかうまくいっていないのが現状だ。

「とりあえずだ！　お前を嫁に出す！　これは決定事項だ」

ビシッと人差し指を突きつけて宣言する。再婚が決まってギャン泣きした人間と同一人物とは思えない強気な態度である。

「横暴ではありませんか？」

普段あまり怒らない真白も、自分の意志を無視した父親の行いに不満顔だ。

すると、父親は先ほどの勢いをなくし眉を下げる。

「これは真白のためにもいい話ではないかと思うんだ。なにせ、お前は〝あれら〟と折り合いが悪いだろう？　特に娘の方からは虐(いじ)めを受けているではないか」

「虐め？　莉々さんから、かわいらしいいたずらならされましたけど？」

父親の言う『あれら』とは、もちろん義母と義妹のことだ。

今でも真白の実母を一番に愛している父親は、再婚を現在進行形で悔いている。

義母も親戚たちから再婚を強要された被害者かと思いきや積極的に親戚たちに働きかけていたのが義母だったと、結婚した後で親戚たちが話しているのをこっそり聞いて知った父親は、彼女たちの名前を呼ぶのをやめた。

いつも『あいつ』だとか、『あれ』、『娘の方』『母親の方』などである。

父親がどれだけ後妻と連れ子を憎々しく思っているかが分かるというもの。しかし、真白には虐められたような記憶はとんとなかった。

変わらぬ微笑(ほほえ)みを浮かべる真白に、父親はあきれ顔だ。

「グズだとかノロマだとかブスだとか散々言われていた上に、服を汚されたり階段から落とされかけたりしていたのに、あれをかわいいと表現するお前の鋼の心臓はどこから来たんだ……？」

「まあ、うふふ。お父様ったら」

「うふふ、じゃなくてだな……。本当にお前は亡くなったお母さんそっくりだ」

父親はがっくりと肩を落としている。

「あら、ありがとうございます」

にこにこと嬉(うれ)しそうに微笑む真白に、父親はまたもや吠える。

「断じて褒めておらんぞ！　断じて！」

「お母様に似ているというのは、私にとったらすべて褒め言葉ですよ、お父様」

まだ五歳だった真白に母親の記憶は決して多くはなかった。それでもまったくないわけではない。

記憶にある母親はいつも柔らかく笑っている人だった。優しく強く、美しい母親は、今なお真白の自慢だ。

すると、父親は疲れ切ったように大きなため息をついた。

「話を戻す。天孤様のことは知っているな？　子供の頃から耳にたこができるほど言って聞かせてきただろう？」

「ええ、存じておりますよ」

天狐・空狐・気狐・野狐。

狐の階級において最上位であるとされる天狐は、あやかしというよりほとんど神のような存在だ。

「我が七宮の本家である華宮は、代々天孤が憑いており、天孤の力により繁栄し、その恩恵を七宮も受けている……っていうおとぎ話ですよね？」

華宮家の歴史はかなり古く、時には国の運命を左右するような相談を受けるということだが、実際にどんな役割をこなしているのかまでは真白は知らない。

父親からも、真白が大学を卒業し、七宮家の仕事に従事するようになったら教えると言われていた。

大学の卒業は間もなく。その後は父親の会社で、後継者として働く予定だった。けれど結婚となったらどうするのか。きっと父親の会社で働くのは難しいだろう。

「おとぎ話などではないと、何度も言っているだろう！」

「だって、お父様。狐憑きだなんて、ねえ？」

真白はこてんと首を傾けて頬に手を当てる。その顔は父親の言葉をまったく信じていない。

子供の頃は本気にしていたが、この歳になっても『天狐』などという不可思議な存在を信じ続けるのは難しい。

疑いの眼差しを向ける真白を見て、父親はこめかみに青筋を浮かべくわっと目をむく。

「すべて真実だ！　天狐様は宿主となっている人間が亡くなると、次の新たな宿主を華宮の一族の中から探す。現在天狐様を宿しているのは華宮青葉様という二十二歳の男性だ。代々、天狐様の宿主が年頃になられると、分家のいずれかより貢ぎ物として花嫁もしくは花婿が選ばれる決まりになっている」

「分家のいずれかなら、私でなくともよろしいのでは？　それほど一族にとって大事な方のお相手となれば、私よりももっと美人で器量よしな方がいらっしゃるでしょうに。それこそ莉々さんとか」

莉々も一応七宮の親戚なので、条件には合う。さらに言うと、莉々の方が社交性が高く、見た目も華やかだ。

いつも髪は丁寧に巻かれており、家の中にいてもメイクは欠かさない。

明るい色合いが好きなのか、艶(あで)やかな服を着ていることが多い。宝飾品も真白よりずっとたくさん持っている。

ほとんどメイクをせずシンプルな服装が好きな真白とは真逆である。

莉々を薔薇(ばら)とたとえるなら、真白は鈴蘭(すずらん)のような控えめな美しさだ。

実際は、莉々を華やかと受け取るか派手と受け取るかはそれぞれの感覚だろうが、真白はいい意味で莉々の容姿を評価していた。

そして自分と比べ、己の地味さにしょんぼりしていたが、元来深く考えるたちではないので、次の瞬間にはどうでもよくなっている。

よくも悪くも楽観的なのが真白だった。

「あれを送ったら我が家の恥をさらすだけだ。それに、他の家の者と言うが、これまでに何人ものお嬢さんが花嫁にと向かったようだが、どの家の娘も青葉様に泣かされて、祝言を挙げる前に追い出されたらしい。そのせいで、これまでは跡取り娘を嫁に出すわけにはいかないと拒否していた我が家にお鉢が回ってきたんだ」

「でしたら、なおさら莉々さんの方がよろしいのでは? 彼女は私と違って世渡り上手ですし」

「あれを世渡り上手と言ってのけるお前の神経を父は疑うぞ……。あれは世渡り上手ではなく八方美人というのだ」

父親はがっくりと肩を落としている。

なにやらこのわずかな間で疲れたように見えるのは真白の気のせいだろうか。

「なんにせよ、我が家から誰か出さねばならん。だが、あれを送り出すことは七宮の家長として絶対できない。仕方ないので真白が行ってくれないか？　というか、行くしかない」

「あらあら」

父親の様子をうかがうように、どうやら真白に拒否権はないようだ。

「裏を感じるのは私だけでしょうか？」

「安心しろ。私も同じ気持ちだ。きっと跡取りである真白を家から追い出して、母親の方との間に子を作るよう強要するつもりだろう。魂胆が見え見えで不愉快この上ない。じじいどもめっ」

父親は忌々しそうに吐き捨てた。

義母と再婚した時のように、分かっていてもどうにもできなかったようだ。

それはつまり、親戚の圧力をはねのけるほどの権力を父親はまだ保持していないことを意味する。

真白が嫌がるのは簡単だが、父親に迷惑がかかってしまう。受けるしかないようだ。

「会ったこともない方とうまくやっていけるかしら？」

自分の両親のような仲のよい夫婦を夢見ていた真白にとって、今回の結婚話はまさに青天の霹靂。自分が政略結婚をするなど考えてすらいなかった。

しかし、結婚を強要されたにもかかわらず、真白に悲壮感はまったくなかった。むしろちょっと楽しそうにしている。

好きになった相手と添い遂げたい憧れはあるものの、天狐という摩訶不思議な旦那様もおもしろそうだ。

真白の母校ではすでに子供の頃から結婚相手が決まっている子は結構多く、そんな出会い方でも相手の男性とうまくやっていけていると聞いているので、政略結婚に対して否定的ではなかった。

親に決められたにもかかわらず、きちんと好意を持って付き合い、彼が素敵だと惚気る友人もいるぐらいなのだ。

だからこそ、ほぼ強制と言っていいこの結婚話も、箱入りで育った真白にとっては、これから大冒険が始まるような一種の高揚感を与えていた。

「なぜだかお前ならやれる気がしてならない。……だが、これまで送られた娘が玉砕してきたのは事実なので、お前も泣かされたなら帰ってきてかまわないぞ。誰も文句は言わないだろう。我が家としてもきちんと役目は果たしたことを示せればいいのだからな」

「そういうことなら分かりました。どうなるかは分かりませんが、困っているお父様を放ってはおけませんからね」

「真白ぉぉ〜」

ウルッと目を潤ませる父親は真白に抱きついた。ぎゅうぎゅうと締めつけるので正直離してほしかったが、父親思いの真白は口には出さなかった。

「結婚といっても、その前に青葉様に追い出される可能性が高い。無理して気に入られるようなことはせずに、嫌だと思ったらすぐに帰ってきなさい」

「困ったお父様だこと」

必死な父親を見て、真白はクスクスと笑った。

「ところで、いつ家を出ればいいのかしら？」

すると、父親がなんとも気まずそうに真白から視線を逸らしながらつぶやいた。

「……うん。言い忘れていたが明日だ」

「えっ!?」

これにはのんびりな真白も即座に反応する。

「待ってくださいな。私は来週卒業式を控えているんですよ。お父様もご存じでしょう?」

「すでに卒業できる単位は取ってあるのだし、卒業式など出なくとも問題ない、問題ない」

やましい気持ちがあるからだろうか。父親は真白と目を合わせない。

真白は憤慨して父親をにらむが、あまり迫力はない。母親に似た優しげな顔立ちは、怒っていても相手に伝わりづらい。それでも父親には効果的に伝わってたようで……。

「あ、あんまりです！　お父様のお馬鹿！」

「お、お馬鹿!?　いくらなんでもそこまで言わなくてもいいじゃないか。ひどいぞ、真白」

娘からの罵倒に父親は激しくショックを受けるが、自業自得である。

「ひどいのはお父様の方です。卒業式のために特別にあつらえた袴(はかま)を用意していましたのに！」

袴は、どんな色や柄にしようかと友人たちと何回も話し合って決めた特別なものなのだ。それを着て卒業式に出ることを楽しみにしていたが、明日出発では卒業式に出られない。

卒業式後は皆でホテルに向かい女子会をする予定だったのに、すべてご破算だ。

なんてことをしてくれるのか。

「皆さんになんて言えばいいのか……」

悲壮感を漂わせる真白は、愛する父親を涙目でにらみつけた。

「す、すまん、真白……」

さすがに申し訳なくなったのか、おろおろする父親。

「お父様なんて知りません！」

その日、真白の機嫌が直ることはなかった。

翌日、未だ怒りの収まらない真白を、父親が泣きながら見送る。

そこに義母と義妹の姿がないあたり、真白がどうなろうとどうでもいいと思っているのがよく分かる。

「真白～。早く帰ってくるんだよ～」

これから嫁にやる娘にかける言葉では到底なかったが、事情が事情だけに致し方ないだろう。

しかし、父親への怒りが冷めぬ真白は、早く帰れと言われれば言われるほど意固地になっていく。

「これからは滅多に会えなくなりますね。次は、結婚式でお会いしましょう」

変な顔で固まった父親に背を向けて、真白は長年暮らした生家を後にした。

真白が向かったのは、別名『神の島』と一部の者から呼ばれている島である。

島民はおよそ一万五千人ほどで、漁業と観光業が発展している。

島民全員が華宮の一族というわけではなく、天狐の存在を知る人はほんのひと握り。ほとんどの者が、この島に天狐なる人外の存在がいることを知らない。

それというのも、天狐の宿主は生涯この島の外どころか滅多に人前にも出ないらしいのだ。

もともと簡単にお目にかかれる方ではなく、七宮の家長である父親ですら、華宮青葉と実際にお会いしたのは数回という。

父親に青葉の印象を聞くと『すごい』という言葉しか返ってこなかった。

それだけでは人となりが分からないと不満をもらしたが、とにかくすごいらしいということだけが伝わってきた。

けれど、父親は『真白ならまったく気にしなさそうだな』とも言っていた。どういう意味なのかは教えてくれなかった。会えば分かるらしい。

青葉とはどういう人なのか疑問だけが膨らんでいく。

島では時折一族の集まりがあるようだが、その場にも青葉は姿を見せないのが常だった。

他にも、天狐の存在を知る一部の上流階級の者が天狐の力を頼って神の島にやってくるようだが、直接青葉と言葉を交わすわけではなく、仲介人を通して依頼するらしい。

そんな天然記念物よりも貴重な人の写真が軽々しく手に入るはずもなく、名前と年齢しか情報のない中で真白は嫁に行かなければならない。

加えて卒業式にも出られず、さぞ落ち込んでいるかと思いきや、島へ向かうフェリーで大層はしゃいでいた。

「素敵！　太陽に照らされて海面がキラキラ輝いているわ。まるで宝石みたい」

海面と同じように目をキラキラさせて海を眺める真白は、これが初めて見た海だった。

なにせ都会のど真ん中で暮らし、娘命の父親によって大事に大事に育てられてきた箱入り娘なので、これまでとんと海には縁がなかったのだ。

潮風がこんなにも気持ちいいものだとは知らなかった。

「海も綺麗（きれい）だけど、青葉様とはどんなお方かしら。狐憑きというのだから、きっと妖怪のような恐ろしい姿をしているのかもしれないわ。だから人前には出ないのかしら？」

だからこそ父親の『すごい』という発言につながるのかもしれない。

父親からの情報によると、先代の天狐の宿主は青葉の曾祖父で、曾祖父が亡くなって間もなく、当時五歳だった青葉が新たな宿主に選ばれた。

宿主に選ばれ憑かれると姿が変わるので、ひと目で宿主だと分かるらしい。

それまで普通の子供として生活していた男の子は、一族で最も尊い存在として一気に奉り上げられることとなったのだ。

五歳という年齢は真白にとっても深い意味があった。

真白の母親が亡くなったのも、真白が五歳の時だった。急な環境の変化に戸惑ったのを幼いながらに記憶している。

それまで当たり前にいた母がいなくなり、当たり前が当たり前でなくなってしまった日。

『真白。私の愛しい子。私がいなくなっても悲しまないで。笑ってちょうだい。私はあなたの笑った顔が大好きだから』

そう言い残して逝ってしまった母親の言葉は今も真白の胸に刻まれている。

だから母親の葬式の時、真白は笑った。大きな目からぼろぼろ涙を零しながらも、母親の言いつけ通りに。

そんな真白を周囲は気味悪がったものだ。ただ、父親だけが傷ついた顔でひたすら謝りながら真白を抱きしめた。

母親が亡くなった原因は事故だった。父親の忘れ物を届けようとしていたのだ。

それゆえか父親はひどく自分を責めており、真白に幾度となく謝罪を口にしたが、真白はまだ五歳。人の死というものをよく分かってはいなかった。分かっていたのは、もう母親に会えないということだけ。

もともと過保護だった父親が真白に対し、さらに心配性になったのはそれからだ。すべての害悪から守ろうとするように、真白の行動を制限した。

母親に似てのんびりとした性格なので、他の家もそうなのかと気にしていなかったが、父親はただ真白が自分の目の届かないところに行くのを恐れていたのだと察することができたのは大きくなってからだ。

父親の恐れは、同時に真白の恐れでもあった。

愛してやまない母親の存在を忘れられない、同志のようなものだろうか。

父親の気持ちが分かるからこそ、真白は父親に従い続けた。

そのせいで少し世間ずれしてしまったのは、父親のせいにしても問題ないはずだ。

同じ五歳。きっと青葉も周囲の変化についていけなかったのではないかと、真白は勝手に親近感を覚えていた。

海を眺めながら真白ははっとした。

「ひと目で宿主と分かるなんて……。狐なのだから、もしかしたらお耳と尻尾がついているかもしれないわ～」

真白は両手で頬を隠し、顔を左右に振り悶えた。

「そうだったらどうしましょう。さわらせてくださるかしら～？」

これが政略結婚だと思わせないほどに、真白はフェリーの中で終始ご機嫌だった。

島へ着くと、観光客だろう人々がぞろぞろと降りていく。

その波に巻き込まれながら、島への第一歩を踏み出し、大きく空気を吸い込んだ。

「さて、お父様によると、お迎えが来ているらしいのだけど……」

真白はきょろきょろと辺りを見渡しながら歩いていく。その時、淡いクリーム色の着物を来た妙齢の女性が真白の行く手を遮るように前に立った。

「真白様でいらっしゃいますか？」

「はい。そうですが、あなたは？」

「申し遅れました。私はこれより真白様のお世話を仰せつかっている華宮朱里と申します」

髪をお団子に結い上げた、二十代前半ほどの女性だ。まだまだかわいらしさの残る彼女から発せられた『華宮』の名前を聞けば、嫁ぎ先からのお迎えだとすぐに分かる。

深々と頭を下げる朱里を見て、真白もにこりと微笑んで頭を下げた。

「こちらこそよろしくお願いいたします。真白でございます。これからお世話になります」

「……何日の付き合いになるか分かりませんけどね」

ぼそりとつぶやかれた言葉は周囲の喧噪により真白には届かず、ニコニコとした笑みを浮かべたままだ。

「それでは参りましょう。車を待たせております」

「ありがとうございます」

朱里の後についていけば黒塗りの車が待ちかまえており、それに乗り込むと車は華宮の屋敷へと向かった。

翌日の出発ということで、さしたる準備もできなかった真白の荷物は鞄ひとつのみ。もともと身ひとつで来てもらってかまわないと伝えられていたので、問題はないのだろう。朱里も荷物の少なさを目にしてもなにも言わなかった。

「早速ですが、青葉様と顔合わせをしていただきます。お覚悟はよろしいですか？」

「承知しました！」

まるで死地へ赴くような顔で覚悟を求められ、青葉様はそれほどひどい姿の方なのだと思った真白は気合いを入れる。

なにがあっても悲鳴をあげないように。それと同時に期待もしていた。狐なら耳と尻尾が絶対についているはずだ、と。

ドキドキと胸を高鳴らせながら屋敷の廊下を歩く。外に面した廊下からは、広い庭が見渡せた。

庭は黄金色に染まっており、真白は目を大きくする。

「金木犀？」

今は三月だ。冬と言うには暖かく、春と言うにはまだ寒さが残る。特にこの島は真白が育った場所より肌寒く感じた。

そんな場所で秋に咲く金木犀が満開になっているなんて。別の花と勘違いしているのかと思ったが、鼻腔をくすぐる酔いそうなほどの香りは金木犀で間違いがない。

「どうして金木犀が……」

「ここは神にも通じる天狐様が住まう屋敷でございますから」

さして感情を揺さぶられることのない平坦な声色で告げられる。

「なるほど」

妙に納得してしまった真白。

人ならざる者が住まう場所なのだから、季節を無視するような摩訶不思議な現象が起きていたとしても別におかしくないということか。

「綺麗ですねぇ……」

季節違いの金木犀に目を奪われていると、ひときわ強い風が真白を襲う。

「あっ」

思わず目をつぶった真白が風によって乱れる髪を押さえながら目を開いた先には、金木犀の花が散る中を絹糸のような白い髪をなびかせて男性が歩いてくる。

彼は、真白の前で足を止めた。

まるで精巧に作られた人形のように整った顔立ち。鼻筋はすっと通っており、切れ長の金色の目は凛々しく、薄い唇は色香を感じさせる。

とても生きている者とは思えない。だから、説明されなくともすぐに分かった。

彼が天狐、華宮青葉だと。

風と木々が擦れる音しかしない中、美しいという賛辞では足りない青葉を見て、真白は驚いた顔をした後、ひどいショックを受けた。

「な、なんてことでしょう。お耳も尻尾もありません……」

この人外の美しさを持った人を前にして口にするのがそれかと文句を言いたげな視線が朱里から向けられるが、真白はそれどころではない。

青葉は怪訝そうに眉をひそめる。

「なんだ、なにか不満があるのか？」

「大ありです！　なぜお耳も尻尾もないのですか？　期待しておりましたのにっ」

どうやら思ってもみない返しだったのか、青葉は目を丸くして驚いている。しかし、すぐに体を震わせると大きな怒鳴り声をあげた。

「ふざけるな。なんの期待だ！　耳や尻尾など生えているわけがないだろ！　俺は化け物ではない！」

「ひどいです。楽しみにしていたのに……」

残念そうにしょぼんとする真白を得体の知れないものを見るような眼差しで見る青葉は、次の瞬間には目つきを鋭くする。

「貴様にひとつ言っておく。この結婚は周りが勝手に決めたものだ。だから我々の間に愛は必要としていない」

忌まわしげに吐き捨てられた言葉に、真白は目を丸くする。

「これはただの政略結婚だ。それを分かった上で、嫌なら――」

「嫌です」

途中で被せられた真白の声に、行き場を失う青葉の言葉。

「これが政略結婚だというのは存じておりますが、せっかくご縁があったのですから、私は旦那様と仲よくしたいです」

そう言って真白は柔らかく微笑んだ。青葉の顔から目を離すことなく、じっとその目を見つめた。

たじろいだのは青葉の方で、先ほどまでの勢いはどこへやら、絶句している。

なにか言いたげに口を開いたが、そこから音が出てくることはなく、素っ気なく背を向けると庭の奥へと消えていってしまった。

「あらあら、どうしましょう。嫌われてしまったかしら」

真白は困ったように頬に手を当てているが、まったく困っているようには見えない。

実際、少しの沈黙の後『まあ、初対面だし気長にやっていきましょう』という結論に達し、楽観的に考えていた。

青葉本人から『愛は必要としていない』などと言われても、真白にしたら『だから？』という感じだ。

そんな真白のそばにいた朱里は、別の感情を抱いたらしく……。

「真白様、すごいです！」

朱里を振り返ると、最初のどこか冷淡さのある雰囲気と違い、尊敬する人間に向けるような眼差しで、やや興奮気味に真白を見ていた。

このわずかな時間になにがあったのか。

「なにがでしょうか？」

真白はこてんと首をかしげた。

「あの青葉様のご尊顔をあれほど長く見つめていられる方なんて初めてです！」

「ご尊顔？」

「ええ、そうです。神より与えられし尊いお顔を直視できる方は今までおりませんでした！　これまでに幾人もの花嫁がこの屋敷にやってこられましたが、青葉様の神々しい姿を見ると、どんな美人もことごとくプライドをへし折られ、泣きながら帰っていったのです。あの方のおそばに侍る資格は自分にはないと嘆きながら」

「あら？」

真白が聞いていた話と少し違っている。

「青葉様に追い返されたと、父からは聞いていたのですけど？」

「ええ。それも間違いではございません。青葉様から発せられる神聖なる覇気に耐えられず号泣し、どんな歌姫でも嫉妬する青葉様の奇跡の美声でお声をかけられるたびに気絶するものですから、会話もまともにできない花嫁などいらぬと追い返されてしまわれたのです。ですが、彼女たちの気持ちはよく分かります。私も気を抜くと腰が抜けてしまいますので」

うんうんと頷く朱里は、納得顔でありながらどこか誇らしげでもあった。

「青葉様とあれほど近くでお声を交わされて、真白様はなんともなかったのですか？」

「確かに綺麗なお方でしたけど……」

気絶するかと言われたら否だ。

もしや自分は普通より感覚が鈍いのかもしれない。父親からも『お前は少し鈍感だ』とよく言われていた。

真白が分からないといった様子でいると、朱里は表情を輝かせる。

「素晴らしいことですよ。ほとんどの方々が、一度青葉様にお会いしただけで自ら去るか、追い返されてしまっていましたから」

「そうなんですね」

真白が思っていた印象とずいぶん違っているではないか。

泣かして追い出したと聞いていたのでとても怖い人を想像していたのに、真相を知れば青葉の方が不憫(ふびん)である。

なにせ話すたびに泣かれたり気絶されたりするのだから、そんな人間を妻に迎えられるはずがない。

「なるほど。ゆえに、身ひとつでかまわないということなのですね」

「ええ、一日経たずに帰ってしまわれますので、大荷物など持ってくるだけ無駄になります」

だとすると少々困ったことになる。

「どうしましょうか？」

「えっ、どうしましょうとは、まさかお帰りになるんですか!? いけません! どうぞお考え直しください!」

朱里はうろたえながら必死に真白をつなぎ止めようとしている。

「いえ、できればもう少しご厄介になりたいです。青葉様がどんな方かまだ分かりませんもの。嫁になるつもりでやってきたのですから、もっと親交を深めたいです。ただ、身ひとつと言われて来たのでさしたる準備もしておらず……。おそらくそちらも同じなのではありませんか?」

小さく「あっ」と声をあげる朱里は、申し訳なさそうにする。

「その通りでございます。きっと今回の方もすぐにお帰りになるだろうと、屋敷の者皆が思っておりました。こうしてはおれませんね。すぐに必要な身の回りのものを取りそろえておきます。お部屋は整えてございますので、ご安心していつまでもお過ごしください! 永遠に!」

「ええ。これからよろしくお願いします」

永遠かどうかは分からないが、しばらく滞在することが決まった。

それから華宮の屋敷で暮らすことになった真白は、一応青葉の婚約者という立場で滞在している。

真白がこの屋敷に暮らし始めて一週間ほどだろうか。

今はまだ客間で過ごしているが、青葉の妻となったらすぐにでも青葉の隣の部屋を用意しているので安心してほしいと朱里から言われている。

客間は青葉の自室からはかなり離れているのだ。けれど十分な広さがあり、庭の金木犀がよく見えるので真白は満足していた。

窓を開けていると、時折風に乗って金木犀の花が部屋の中に入ってくるのだ。なんとも風情があっていい。

しかし、青葉の妻のために用意された部屋は客間よりももっと庭が綺麗に見えるそうなので、そちらへの興味もかなりある。早く見てみたいものだ。

ここへは政略結婚を目的として来ているので、青葉のゴーサインが出ればすぐにでも式を挙げられる準備は整っているらしい。

ただ、屋敷の人たちは青葉と普通に接する真白を歓迎してくれているが、なかなか青葉と話をする機会がなかった。

青葉は天狐としての力を使って仕事をしているのだと朱里から聞いた。

それがどんな仕事なのかは、まだ結婚もしていない客人でしかない真白には教えられないという。それならば仕方ないかと、真白は深くは聞かなかった。

真白は日がな一日をのんびりと過ごした。

あれからすぐに朱里が女性に必要な身の回りのものをそろえてくれたので、不自由はしていない。むしろこちらが恐縮してしまうほど、家人たちには手厚く世話をしてもらっていた。

食事には必ず真白の好きなおかずが一品は含まれ、入れ替わり立ち替わり朱里を含めた家人が様子をうかがいに来ては、必要なものはないかと聞いてくれる。

気を遣わせているのが少々申し訳なかったりするものの、非常に助かっている。

食事は部屋でひとりで食べているが、配膳を買って出た朱里が話し相手になってくれるので寂しさはない。

まさに至れり尽くせり状態だった。

そうして過ごしていたら、短大の卒業式があったはずの日もとっくに過ぎ去ってしまっていた。

軒先に座りながら、友人たちからスマホに送られてきた卒業式の写真を微笑ましく眺める。

出席できなかったのは残念だが、仕方がない。父親に強制されたとはいえ、ここに来ると選んだのは自分なのだし。そう言い聞かせたとしても、やはり……。

「ちょっと寂しいものですね」

父親は今頃どうしているだろうか。

母親を事故で亡くしたため、父親は真白が自分の目の届かない遠くへ行くことをひどく嫌い、学校での修学旅行なども真白だけ不参加だった。

なので、こんなにも父親と離れたことはなかったのだ。

今さらながら、どれだけ箱入りだったのかを思い知らされる。

「これがホームシックというものですかねぇ」

初めての体験に、真白はしんみりしつつも、ちょっぴり感動した。

きっと父親は真白が帰ってくるのを今か今かと待っていることだろう。しかし、残念ながら今のところ帰るつもりは微塵もない。

風に乗って散る金木犀にスマホを向け、カシャリと写真を撮った。

なんとも幻想的な景色を見て満足そうにする真白は、先ほどから感じる視線にクスリと笑う。

庭を覆い尽くすほどたくさんの金木犀の陰からこちらをじーっと見つめてくる金色の目。その姿は、狐ではなく、まるで警戒する狼のようだ。

真白は離れたところから見てくる青葉に向けてにっこりと微笑む。

「こちらで一緒に座りませんか？」

「…………」

半目で見てくる青葉は返事をすることなく、ささっと姿を消してしまう。

「うーん。嫌われてはいないようですけど、めちゃくちゃ警戒されていますねぇ」

真白はほわほわとした笑みを浮かべて、傍らに置いてある湯飲みを持ってお茶をすすった。

「あら、今日は甘露茶ね」

なんてことをつぶやき、先ほどまで青葉がいた場所に視線を向ける。

まるで時が止まったように季節を感じられないここにいると、今日がいつなのか日付を忘れてしまいそうになる。

もうずいぶんとここで暮らしているような錯覚に陥るが、まだ一週間なのだ。

その間に青葉と会話したのは最初の邂逅の時だけ。以降はひと言すら声をかけられたことはない。

けれど、毎日顔は合わせている。

ここにやってきた翌日から、真白が庭を見渡せるこの軒先の絶景スポットを発見してお茶を飲んでいると、先ほどのように青葉が遠く離れたところからじっと真白を見てくるようになった。

本当にただ見てくるだけ。向こうから話しかけてくるわけでもなく、さりとて真白が話しかけようとすると慌てたように姿を隠してしまう。

「うーん。一応興味は持ってもらっているということでしょうか……」

そうでなければ、真白を観察したりはしないはず。けれど、青葉が真白を怖がっているように感じるのは気のせいだろうか。

威圧的な態度は最初の時だけで、青葉が真白を追い出そうと動く様子は今のところない。だからこそ真白ものんびりとかまえているわけだが、このままというわけにもいかないだろう。

しかし、一度追いかけてみたところ、風のような素早さで逃げてしまったのだからどうしようもない。

自身が運動音痴なのを自覚している真白は早々に追うのをやめた。

一週間経って、今日ようやく声をかけられるほど近くまで来るようになったので、これは前進したと言っていいはずだ。

「気長にいきますか」

その言葉の通り、真白は毎日をゆっくりと過ごし、青葉が近付いてくるのをただのんびりと待ち続けることにした。

いつも決まった時間、決まった場所で、お茶を飲みながら庭の金木犀を眺める。

そうすればどこからともなく青葉がやってくるのだ。

真白が安全かを確認するように少しずつ、少しずつ距離を縮めてくる青葉に、真白は笑い声を抑えるのに必死だった。

今日もまた距離が近くなったと、日々の成果に達成感のようなものを覚えている。

そして、この日はいつもと違った。これまではひとつだった湯飲みを、ふたつお盆に載せて持ってきたのだ。

ひとつはもちろん真白のもの。もうひとつが誰のものかは言わずとも知れたのか、ふたつのお茶を朱里に頼んだ時、朱里は大層張り切って屋敷で最も高級な茶葉を使ってお茶を淹れてくれた。

いつものように軒先でお茶を飲み始めると、そっと青葉が姿を見せる。

たくさんある金木犀の中で、一番真白に近い木から覗いている。

その距離は、もう隠れる気はないだろとツッコみたくなるほどだが、本人はまだ木に体を隠しているつもりのようだ。

真白からだとほとんど全身が見えており、そのお間抜けさがかわいらしいと真白は小さく笑った。

そして、隠れられていない青葉に今日も声をかける。

「こちらに座って一緒にお茶をご一緒しませんか？」

青葉はじーっとお茶と真白を交互に見て、なにやら考え込んでいるようだ。

今日こそいけるかと真白が期待した次の瞬間、背を向けて逃げるように行ってしまった。

「あらあら。まだ早かったかしら？　でも、あと一歩って感じよね」

これはもう真白と青葉の我慢大会のようなものだ。

どちらが先に折れるのか。真白は負ける気はしていない。

その日から毎日お茶をふたり分用意してもらうようにした。

それから幾日か経った今のところ、ふたりの勝負は真白の惨敗である。

仕方なく毎日ふたり分のお茶を飲み干し、気長に待ち続けたある日。

「お茶をご一緒しませんか？」

いつものようにお茶に誘うと、普段なら背を向けていた青葉が金木犀の木から離れ、真っ直ぐに真白に向かって歩いてくるではないか。そして目の前までやってきて、真白の隣に腰を下ろしたのだ。

いきなりの進展に、真白もびっくりして目を大きくした。けれど、すぐに嬉しそうな笑顔を浮かべて青葉に湯飲みを差し出す。

「どうぞ。まだ温かいですよ」

微笑む真白をじーっと見つめてから、気まずそうに視線を逸らして湯飲みを受け取る。

青葉は終始無言で、お茶を飲み干すと湯飲みを置いてさっと行ってしまった。

空になった湯飲みを見て、真白は静かに興奮する。

「ついにやりましたー」

真白はぐっと拳を握り、達成感に浸る。

「ああ、でもこれで終わったわけではありませんね。次はお話をしていただけるようにならなければ」

決意を新たにする真白が、とうとう青葉がお茶を飲んだことを朱里に報告すると、一緒になって喜んでくれた。

そして朱里のやる気にも火をつける。

「明日は茶菓子もつけましょう！　少しでも真白様といる時間を稼ぐために、料理長に頑張ってもらいます」

「わぁ、楽しみです」

真白はパチパチと拍手しながら微笑んだ。

正直言うと、真白が楽しみにしているのは青葉と過ごす時間より、どんな茶菓子が出てくるかの方に若干傾いていた。

そして翌日、やってきた青葉を手招きすると、今度は悩む素振りもなくすっと隣に座った。

その素直さに真白は己の粘り勝ちを確信して心の中でガッツポーズをする。まるで手負いの狼を手懐けていくような気持ちだった。

「どうぞ。今日はお茶菓子もありますよ」

湯飲みを渡してから、小皿に載せられた羊羹を青葉の横に置く。

なにを考えているのか、じーっと羊羹を見る青葉に、真白は「甘い物はお嫌いでしたか？」と問う。

うかがうように青葉に目を向けると、顔を横に振って返事をしてくれた。無言だったが、それでも真白の言葉に反応を返したことに変わりはない。

この調子で会話に持ち込もうと思っている間に、青葉はひと口で羊羹を食べ、流し込むようにお茶を飲み干すと駆け足で逃げていってしまった。

「あっ……」

お茶菓子で時間を稼ぐつもりが、逆にスピードアップしたような気がする。

これを知ったら、準備した朱里が残念がるだろう。

「甘い物はお嫌いだったのかしら？」

朱里からは甘味が嫌いだという情報はなかったのだが。それに、嫌いならそもそも食べようとはしないだろうと首をかしげていると、どこからともなく舌打ちが聞こえて周りを見回す。

すると、曲がり角からこちらをうかがう朱里と、茶菓子を作った料理長と使用人頭がいた。

料理長は短髪の厳(いか)つい顔立ちの男性で、使用人頭は白髪交じりの髪をお団子にしている女性だ。ふたりは朱里よりも長く、それこそ先代の天孤の宿主が存命の時からこの屋敷に仕えているという。

「あら、皆様どうなさったの？」

真白が声をかけると、三人はしずしずと姿を見せる。

「申し訳ありません、真白様。気になってしまって」

謝る朱里はばつが悪そうだ。

そして料理長は、帽子を脱いでその場に土下座した。

「すいやせん！　きっと青葉様はわしらの気配に気づいて早々に去っていかれたんだと思いやす」

「まったく、この人が顔を出しすぎるからですよ」

そう言った使用人頭は料理長の頭をぺしんとはたいた。

「そういうことでしたか」

真白は納得する。

「あの青葉様が女性とお茶を一緒にしたって聞いて、いても立ってもおられず……。それに青葉様を目の前にして、真白様が気絶しちまわないかってのも心配で」

そう料理長は申し訳なさそうに告げた。

「私ですか？」

自分の心配をされているとは思わなかった真白はこてんと首をかしげる。

「だってだって、あの青葉様ですよ！　もはや顔面凶器と言ってもいい美貌を持ったあの方を前にすると、長年仕えているわしでも直視できんです」

「ええ、ええ。私も先代様からお仕えしているので、青葉様から発せられる神々しい気配にはある程度免疫はありますが、他の若い子たちは腰を抜かせばいい方で、新人に青葉様と会わせようものなら気絶は避けられません」

料理長と使用人頭の言葉に、朱里はうんうんと頷いている。

「一度も気絶したことがないのは、先代から仕えている古株の方々だけですから」

「というと、朱里様も？」

朱里は数年前から仕えるようになったと聞くので、先代から仕えている者たちからしたら新人の分類だ。

「お恥ずかしながら一度だけ……」

朱里は恥ずかしそうに頬を染めたのを見て、料理長が続ける。

「とまあ、こんな感じですんで、わしらですら直視できん青葉様にお声をかけるなんてとんでもなく……。けれど、朱里から真白様は臆することなく青葉様に話しかけているると聞いたので、どんな様子なのかとちょっとばかし気になったというわけです」

「まあ、そうなんですね。皆様もお話しになったらよろしいのに」

「そ、そんな、恐れ多いです！」

顔を青くさせて首を振る料理長は、顔に似合わず小心者なのだろうか。

だが、朱里と使用人頭もとんでもないという様子であたふたしているので、別に料理長だけがどうこうというわけではなさそうだ。

「私のような一使用人が天孤であらせられる青葉様にお声をかけるなどっ」

朱里が恐れおののいて言うので真白が使用人頭に視線を向けると、使用人頭も困ったように眉を下げる。

「わ、私は多少なら。ですが、できる限り目を合わさないようにしております」

そこまでしなければならないのか。まるで危険物扱いである。

「えーと、皆様別に青葉様がお嫌いなどということは――」

「それはありません！」

「とんでもねえです！」

「絶対にあり得ません！」

食い気味で三人はいっせいに否定する。

「私は青葉様をなにより大事に思っております」

「使用人頭だけじゃねぇです。この屋敷に仕えてる者は皆、青葉様が大好きなんです」

その必死さは真白にも大いに伝わってきた。

「私どもは青葉様にお仕えできることを誇りに思っているのですから！」

使用人頭が力強く語ると、料理長が後に続く。

「その通り！　毎日毎日青葉様の口に入るもんは厳選に厳選を重ねて、喜んでいただけるように最高級の料理をお出ししてるんです。青葉様が食べられた後の空っぽの皿を見るのがどんだけ嬉しいか」

厳つい顔についている目を輝かせる料理長からは青葉への敬愛が見て取れた。

「けど、本能は正直なんですよね……」

朱里の言葉に、そろってがっくりと肩を落とす三人。

一喜一憂して表情を変える三人を見ているとおもしろい。しかし真白はなんとか顔には出さないように心がけた。

「真白様！」

突然ガシッと真白の両手を握った使用人頭は、怖い顔で真白に顔を近付けてくる。

思わずのけ反る真白にこう訴えた。

「あの顔面凶器を前にしても動じない真白様が最後の希望です！　青葉様を前にしても微笑んでいられる、たわしのような心臓を持った真白様が必要です！」

「それを言うなら毛の生えた心臓では？」

「青葉様には毛ごときでは対抗できません！　たわし……いえ、金たわしぐらいでちょうどいいのです」

なにげにひどい。真白に対しても、青葉に対しても。

本当に大切に思っているのかとツッコみたくなるほどだ。

「お願いいたします。真白様が頼りなのです……」

途端に勢いをなくしてしまう使用人頭だが、握られた手の力は強く、青葉への思いが伝わってくる。

この空気の中で否と言えるはずもない。

「分かりました。善処してみます」

ぱあっと表情を輝かせる三人は、本当に青葉が大好きなのだと感じた。

翌日は、気になっても誰も来ないようにと、ちゃんと注意をうながしてからお茶の時間に挑んだ。

なにやら屋敷の中では青葉と面と向かって話せる真白を勇者と称えているそうだが、

その気持ちがあるなら他の人たちもぜひ頑張ってみてほしい。

しかし、真白のように隣でお茶を飲むなど一発で気絶してしまうので無理！という言葉が四方から飛んできたため、真白もあきらめた。

なにせ、そんな自分たちを不甲斐ないと落ち込んでいるのだから、これ以上責める気にもならない。

そんな気絶するほどの顔をしているようには思えないのだが、自分がただ鈍いだけなのかと真白は首をかしげる。

確かに父親や友人からは『鈍い』『天然』などと言われるが、真白自身に自覚症状などないので、いつも否定していた。

けれど、こんなあからさまに青葉への反応が違うと、自分はどこかおかしいのではないかと思ってしまう。

昨日と同じ時間、同じ場所にやってきた青葉は、真白が誘わずとも隣に座った。

心の中でガッツポーズをして喜ぶが顔には出さず、いつも通りの笑顔を浮かべて迎えた。

改めてじっと青葉の顔を見てみる。

確かに顔面凶器と言えなくもない美しすぎる顔を持っているが、やはり気絶するほどではないなと改めて感じる。

むしろ彼に耳と尻尾がなくて残念でならない。真白にはそちらの方が重要だった。

「青葉様はお耳と尻尾は出せないのですか？」

ちょうどお茶請けの豆大福を手に持ったところだった青葉は、ぎろりと真白をにらんだ。

顔が整いすぎているせいか、強面（こわもて）の料理長ににらまれるよりずっと怖い。だが、真白は平然としている。

「出せるわけがないだろう」

「ですが、狐ですよね？」

「狐ではない！　狐憑きなだけだ！」

青葉は眉間に皺（しわ）を寄せながら心外だというように力強く訂正する。

「そうなのですか？　残念です……」

なにやら普通に会話しているなと気がつくが、真白は気にせず続ける。

「そういえば、結婚式はどうしましょうか？　一応今は婚約者の身として滞在させていただいておりますが、いつまでも居候という立場ではおれませんし、結婚するのかしないのかはっきりしていただきたいのですが」

追い出すのか、追い出さずこのまま結婚するのか。

この結婚は青葉の意志によって決定される。そこに真白の意見は必要とされていない。貢ぎ物として嫁ぐのが華宮に仕える分家の役目だからだ。

なんという時代錯誤な風習だろうか。それに関しては真白も物申したいが、言ったところで黙殺されるのが関の山だろう。

それに、真白は青葉に対して悪い感情は抱いていない。

愛せるかどうかはこれからの彼の態度次第だが、だからこそ青葉の意志をきちんと明確にしてほしかった。

しかし、青葉は仏頂面で口を閉ざした。これでは彼の真意が分からない。

少しは仲よくなったかと思っていたのに、まだまだ足りないらしい。

「ふむ。とりあえず仲よくなるために、名前で呼び合うというのはどうでしょう?」

真白の急な提案に、青葉は目を点にする。

「は?」

「真白ですよ、真白。ほら言ってみてください。さあさあ」

「な、名前などどうでもいい!」

そう言ってふいっとよそを向いてしまった青葉の顔を両手で挟み、自分の方へ向ける。

青葉は非常に驚いた顔をしているが、真白は関係なさそうに不機嫌さを露わにする。

「どうでもよくなんてありませんよ。名前は親が最初に与える愛の詰まった贈り物なんですから」

真白はここではないどこかを見て、柔らかく微笑む。

「私の名前が決まるまで、父と母はそれはもう悩みに悩んで、果てには離婚に発展しかねない夫婦喧嘩まで起こして、大騒ぎした末に決めたそうです。まあ、結局父が折れたんですけど、未だに根に持って当時の話を酒のつまみに愚痴るものですから、耳にたこができてしまいました」

クスクスと笑う真白を青葉がじっと見つめていたため、真白が視線を戻した瞬間、ふたりの目が合う。

「青葉様の名前も誰かが一生懸命考えた名前なのでしょう？　素敵ですね、『青葉』って」

すると、青葉はその美しい顔を歪ませてどこか傷ついた顔をする。まるでナイフでえぐられたような顔に、こちらの方が痛々しく感じる。

鈍い真白でもさすがに気づき、おずおずと青葉の顔色をうかがう。

「あの、もしかして余計なことを申してしまったでしょうか？　父にも『お前は時々余計なひと言を言う』と注意されるんです。そうでしたら申し訳ありません」

「……いや、そんなことはない」

「よかったです。じゃあ、呼んでください」

コロッと表情を変えて笑顔で催促する。

「なんでそこで急に『じゃあ』になるのかまったく分からん！　さっきの殊勝な態度はどこへ行った！」

怒るというよりはあきれた顔でツッコんでくる青葉は、年相応に見えた。

「いいから呼んでください。真白ですよ」

呼ぶまで顔を掴んでいる手を離さないぞと力を入れると、青葉はしぶしぶといった様子で「真白……」と口にした。

それを聞いて真白は嬉しそうに微笑む。

「はい！　青葉様」

「……お前は俺を真っ直ぐ見るんだな」

青葉は眩しいものから目を避けるように真白から視線をはずしてつぶやいた。

その声色にはどこか寂しさが含まれていると感じたが、真白は気づかなかったかのように微笑む。

「人と話す時は相手の目を見ろと躾けられましたから」

「そういう意味ではない」

「じゃあ、どういう意味です？」

こてんと首をかしげると、青葉は自分の顔に触れる真白の手をそっとはずしながら沈痛な面持ちで話し始める。

「俺はこの屋敷の者たち……いや、俺と会うすべての者から嫌われている」

「え？」

真白は思わずぽかんとした顔をしてしまう。

「だが、当然だな。俺は化け物なんだから……」

最初に顔を合わせた時に『俺は化け物ではない』と言った口で、自分のことを『化け物』だと話す。しかも、『すべての者から嫌われている』とはどういうことなのか。

真白の知る限り、青葉は屋敷に住む人たちから熱狂的に愛されている。

どこに嫌われている要素があるのだろうか。

「嫌われているなんて、青葉様の勘違いでは？」

「勘違いなどではない！　誰も彼も俺とは目を合わせないし、話しかけたらすぐに逃げていくし、果てには目を合わせただけで気絶するんだぞ！」

言葉にするのもつらいというような傷ついた表情で、青葉は語る。

好かれているなんてひと欠片（かけら）も思っていない。確信を持って話しているけれど、それはまったくの見当違いなのだ。

真白はなんとも言えぬ表情を浮かべる。

「あー……」

確かに青葉側から見たら、使用人たちの行動は、自分は嫌われていると誤解してもおかしくない。真白も最初は少しそう思ったぐらいなのだ。食い気味で否定されたけれど。

「俺は嫌われ、恐れられているんだ！」

「そんなことありませんよ。皆さん青葉様のことがお好きですよ」

「下手な慰めはいらん！」

真白も朱里や料理長たちの話を聞いていなかったら勘違いしていたかもしれないが、いかんせん〝青葉ラブ〟な家人たちの心の声を知っているだけに、盛大なすれ違いを起こしていると理解し、遠い目をした。

「やってきた婚約者もことごとく気絶するか泣きだす。俺が化け物だから恐れているんだ。こんな俺と結婚なんて嫌なのだろうさ」

少々やさぐれているのは、これまでの経験からだろう。

「俺は望まれていないんだ。俺の母親だって……」

青葉は苦しそうに顔を歪めた。

「お母様ですか？」

聞いていい話なのか分からなかったが、真白は聞き返した。

「ああ……。俺には兄がひとりいてな、俺と違って頭もよく運動もできて、なんでもそつなくこなす人だった。母親はそんな優秀な兄に多大な期待を抱いていた。次の天狐憑きには兄が絶対選ばれると周囲に自慢していたほどだ。けれど、実際に天狐に選ばれたのは……」

「青葉様だった」

続く言葉を発せないでいる青葉に代わり、真白が口にする。

「……そうだ。天狐が憑いた瞬間に俺は俺の姿をなくし、天狐になった」

天狐になると姿が変わるという話は本当のようだ。まあ、青葉の真っ白な髪を見れば嘘ではないと分かるが。

「さぞ、びっくりされたのではないですか？」

「ああ、びっくりした。それまでは黒い髪に黒い瞳のどこにでもいる子供だったのに、その瞬間から髪が伸び、色は白く、目は金色に変わった。そんな俺を見た母親は絶叫し絶望した。兄が選ばれると信じてはばからなかった夢が、俺によって潰されてしまったのだからな」

「ですが、我が子が天狐に選ばれたのは変わりないのですから、喜んだのではないですか？」

「いや、母親には昔から兄の姿しか目に入っていなかった。だから、兄ではなく俺が選ばれてひどくショックだったのだろう。姿が変わりどうしていいか分からず混乱していた俺に向かって『なぜお前が選ばれるんだ』と、次の天狐は兄だったはずなのに俺が選ばれたことを責められた。他にもありとあらゆる罵声を浴びせられたよ」

青葉は自嘲気味に話す。

真白はなんと慰めの言葉をかけていいか分からなった。どんな言葉も安っぽいものになりそうで、口にはできない。

「母親とまともに顔を合わせたのはそれっきりだ。一族の集まりにはやってくるようだが、俺は会いたくなくて滅多に顔を出さない」

「お母様も混乱されていたのでは？」

「いや、それは今も変わらない。母親は兄ではなく俺が選ばれたことが許せないんだ。子供の頃は母親に会いたくて一族の集まりによく出席していたが、母親は俺をにらみつけるだけで、笑いかけられた記憶がない。俺は母親から望まれてはいない」

青葉はとても静かな顔をしていた。悲しみでも怒りでもなく、あきらめきった顔を。

「お前は、名前を親が最初に与える愛の詰まったものだと言ったな？　ならば俺の名もそうだったのだろうか？　俺はそのような妄言をお前のように自信を持って言えない。きっとこれからも……」

望んで天狐になったわけでもない五歳の子供が責められるなんて。

天狐と崇められていても、それが幸福だとは限らないと教えられた。

母親のことは分かったが、ならば選ばれなかった兄や父親はどうだったのかと気にはなった。しかしそれが母親同様、青葉にとってつらい反応だった場合、これ以上話をさせるのはよくないと思った。

彼のつらい顔を見たくないと真白は話を変える。

「……結婚するためにやってきた女性たちを追い返したのはなぜですか？」

「わざわざ嫌がる女をそばに置く趣味はない。しかし、次の七宮からの娘を追い返したら他にまともな嫁がいなくなると年寄りどもに脅され、それならもう愛されることはあきらめるしかないと……」

「あら、もしかしてこの結婚に愛は必要ないとおっしゃったのは、私が嫌がっていると思って、青葉様ご自身を無理に愛さなくてもいいという意味だったのですか？」

真白の問いに、青葉はこくりと頷いた。

「どうせ俺なんかを愛する人間なんていないから、役目のためと義務的に俺を愛そうと無理する必要はないと言いたかった。俺は口下手だからうまく伝えられたかどうか分からないが……」

これは予想外だ。まさかあの発言が真白への親切心から来る言葉だったとは。

「私はてっきり青葉様が政略結婚を嫌がって、お前のような奴を愛するつもりはないから身の程を知れ！と警告していたのだと思っておりました」

「ち、違う！　そんなつもりはない……」

真白の勘違いを聞き、ショックを受けてうろたえている青葉の様子に、真白は頬に手を当てた。

「あらあら」

先ほどから青葉と話していたら、彼に抱いていた印象ががらりと変わっていくではないか。

「どうしましょう？」

「どうしましょうとはどういう意味だ？　やはり俺との結婚は嫌だから帰るのか？」

青葉は急にオドオドとしだした。

「青葉様はどうしてほしいですか？」

「え、俺？　お、俺は……」

目に見えて狼狽する青葉に、少し虐めすぎたかと真白は反省する。

湯飲みを持ち、もう冷めてしまったお茶をひと口飲む。そして、咲き誇る金木犀に目を向けた。

「青葉様は不器用な方なのですね」

「それは否定できない」

「青葉様はこの結婚になにを望みますか？」

「俺がなにかを言えた義理じゃない。分家の娘たちは役目を果たすために無理やりここへやってくるのだから」

落ち込んだ声。沈んだ顔。その姿は神のごとき天孤に選ばれた崇高な存在ではなく、ひとりの男性にしか見なかった。

「けれど、もし……。もしも我儘が叶う(かな)なら、愛してほしい。こんな化け物でも目を見て笑いかけてほしい。怖がらず手をつないで歩きたい」

嫌われていると勘違いし、そのことを寂しく感じつつも人を思いやることは忘れていない。誰よりも人を愛し、愛されることを願っている。

ああ、なぜだろう。そんな彼を放っておけないと感じる。

「これが母性を刺激されたというものでしょうか?」

「ん?」

「こちらの話ですよ」

真白はふふっと小さく笑った。そして、青葉の手を握る。

はっとした顔をする青葉の目は、動揺したように真白とつながれた手とを行き来する。

「では、まず手をつないで庭を歩いてみませんか? あなたを愛するかどうか今はまだ分かりませんけど、私はあなたのことを好ましく思っています」

最初の出会いこそ難ありだったが、彼の本心と心根を知った今、嫌いになどなれない。

真白の言葉に息をのむ青葉。

「青葉様はどうですか？　私ではお嫌ですか？」

微笑みかける真白に困惑した顔をする青葉だが、次の瞬間には意を決したように真白の手を握り返した。

「……正直言うと、俺にもまだ愛し愛されるという関係がよく分からない。けれど、俺を真っ直ぐ見るお前が気になって仕方ないんだ。だから、お前に好きになってもらえるように頑張る」

「ええ、頑張ってくださいね。私も、青葉様に好きになってもらえるように頑張ります」

真白の宣言に、青葉は顔を真っ赤にする。

それがおかしくて、真白はクスクスと笑った。

「それと、私は真白です。『お前』は禁止ですからね」

「そうだったな。分かった。真白」

「はい！」

照れるように名前を呼んだ青葉に、真白は満足そうにして、花が咲くようにぱっと笑った。

真白と青葉の心が通ってから、金木犀の花が舞う庭を、手をつないで散歩するふたりの姿が見られるようになり、屋敷の使用人たちは涙を流してその様子を見守った。

そして、青葉の盛大な勘違いは真白から使用人たちに伝えられた。使用人たちは腰を抜かして驚き、その場の勢いで青葉へ押し寄せ、おいおいと泣き始めたのである。

「誤解です～」

「気絶してすみません～」

「大好きなんです！」

「青葉様ラブ！」

突然やってきた使用人たちに、青葉はタジタジ。

しかしそれ以後、使用人たちはあれやこれや対策を練り、青葉に関わろうと必死になった。

どうやら青葉に嫌われていると勘違いされていたのがよほどこたえたらしい。

青葉も、使用人たちによる愛の叫びのおかげでようやく誤解であることを知り、晴れやかな表情になった。

続いて使用人たちは、いかにして青葉と目を合わせるか、話をしても気絶しないかを検証し始めた。

そのやる気ときたらすさまじく、それなら最初から努力していたらよかったのにと真白をあきれさせた。

しかし口出しすることはなく、真白はのんびりとお茶を飲みながら彼らの様子を眺めるのが楽しかった。時には使用人たちに混じって、青葉対策会議に出席したりもする。

順番に意見のある人が手を挙げ案を出していくのだ。使用人全員が座れる広間にホワイトボードを用意して、それぞれの意見を書き込む。

「はい！　青葉様にサングラスをかけていただいたら、いけるのではないでしょうか？」

その意見に「なるほど」と同意する者もいれば、否定的な者もいる。

「あんな綺麗な瞳を隠すなど罪です！」

「いや、それよりも、サングラスが似合いすぎて逆に失神者が増えるんでは？」

「確かに」

そろって「却下！」の声があがった。

真白も意見を出してみる。

「いっそショック療法で、青葉様とにらめっこでもしてみましょうか。耐えた方にはお給料に追加で金一封差し上げるとかしたら、やる気も出ませんか？」

「おお、真白様！　ナイスアイデアです。金のためならこいつらやりますよ、絶対！」

そう一番に声をあげた料理長がもっとも金に目がくらんでいるように見える。

ワイワイと楽しく会議をしていると、襖をちょっとだけ開けて青葉が姿を現した。

「あら、青葉様」

「真白、俺も考えたのだが、サングラスをかけてみるのはどうだ？　いつも着ている和服だと合わないから、スーツを着てみたんだ」

そう言って襖を大きく開けて登場した青葉に、使用人たちは阿鼻叫喚する。

黒いサングラスと白いスーツを着て、どこぞの雑誌の表紙でも飾りそうな、いつもよりちょい悪な男に変身を遂げた青葉は、使用人たちに刺激が強すぎたようだ。

「ぎゃあぁぁ！　青葉様が素敵すぎる！」

「サングラスとスーツのコンボ！」

「やばい！　前方の奴らが青葉様の攻撃に軒並みやられたぞ！」

「鼻血出してる子もいるわよ！」

部屋は一気に騒がしくなる。

「真白様！　さっさと青葉様をどっかにやっちゃってください」

使用人たちも青葉との距離が近くなったせいか、青葉の扱いが雑になりつつある。

崇拝しているのは変わらないが、どこか親しさが込められていた。

「あらあら、大変」

大変と言いつつ、さして慌てているようには見えない真白が、とりあえずホワイトボードで青葉の姿を隠す。

「はいはい、青葉様。皆さんが大変なことになっちゃってるので退散しましょうね」

青葉の背中を押して、急いで広間から連れ出した。

金木犀がよく見える廊下をふたりで歩きながら、青葉はサングラスをはずす。

「これでも駄目だったか⁉」

「むしろ威力を上げちゃいましたねぇ」

すると、青葉はがっくりと肩を落としている。

青葉も青葉なりに使用人たちに近付こうと努力している。逆効果になっていることが多いのが残念だ。

「こうなったらもうお面を被るしか……」

「ひょっとこのお面なんてどうですか？」

真白だけは青葉を前にしてもほわほわとした笑みを浮かべている。

金木犀は真白が来た時と変わらず、絶えることなく満開に咲いており、雪のように地面に降り積もっていた。

「……真白」

「はい、なんですか？」

名前を呼ばれて真白は足を止め、青葉に向かい合う。

背の高い青葉を見上げるように視線を合わせ、青葉が話しだすのを待つ。

しかし、迷っているのか視線をさまよわせながら、なかなか口を開かない。それでも真白は青葉が口を開くのを根気強く待った。

そして、ようやく青葉が真白の顔色をうかがうように声を発した。

「祝言の日取りを決めたい。真白はかまわないか？」

青葉から初めて結婚の意思表示をしてきた。

「どうやらお前のいない生活は考えられそうにない。ずっとそばで俺を支えてくれないか？」

緊張しているせいか、いつもの三割増しで人形のように表情が固まっている青葉だったが、そんな顔でも美しかった。

真白はクスクスと笑う。

「自分より綺麗な旦那様というのも気が引けますけど、いつ青葉様が結婚の話を言ってくれるのか心待ちにしていた時点で私も答えが出ているようです」

「それなら！」

ぱっと表情を輝かせる青葉に向かって、真白は頷く。

「お受けします」

ためらいがちに真白を抱き寄せる青葉の背に、真白もそっと腕を回した。

「人生で一番今が幸せかもしれない」

「駄目ですよ。これから一緒にもっと幸せになるんですから」

「ああ、その通りだ」

ふたりを祝うように金木犀の花が舞った。

完

この物語はフィクションです。実在の人物、団体等とは一切関係がありません。

クレハ先生　涙鳴先生　湊 祥先生　巻村螢先生へのファンレターのあて先
〒104-0031　東京都中央区京橋1-3-1　八重洲口大栄ビル7F
スターツ出版（株）書籍編集部 気付

あやかしの花嫁
4つのシンデレラ物語

2023年4月28日　初版第1刷発行
2024年1月11日　　　　第3刷発行

著 者　クレハ　©Kureha 2023　涙鳴　©Ruina 2023
湊 祥　©Sho Minato 2023　巻村螢　©Kei Makimura 2023

発 行 人　菊地修一
デザイン　カバー　北國ヤヨイ（ucai）
フォーマット　西村弘美
発 行 所　スターツ出版株式会社
〒104-0031
東京都中央区京橋1-3-1　八重洲口大栄ビル7F
出版マーケティンググループ　TEL 03-6202-0386
（ご注文等に関するお問い合わせ）
URL　https://starts-pub.jp/
印 刷 所　大日本印刷株式会社

Printed in Japan

ISBN　978-4-8137-1422-4　C0193